U0863130

人文阅读与收藏·良友文学丛书

舒乙题

原丛书主编：赵家璧

特 邀 顾 问：舒　乙　赵修慧　赵修义　赵修礼　于润琦

出 品 人：马连弟
监　　制：李晓琤
执　　行：张娟平
统　　筹：吴　晞　姚　兰
装帧设计：赵泽阳

特别鸣谢（按姓氏笔画排列）：
韦　韬　叶永和　李小林　沈龙朱　陈小滢　杨子耘
张　章　周　雯　周吉仲　舒　乙　蒋祖林　施　莲
姚　昕　俞昌实　钟　蕻　郑延顺　赵修慧
以及在版权联系过程中尚未联系到的作者或家属

特别鸣谢：
上海鲁迅纪念馆
北京鲁迅博物馆
北京大学中国语言文学系
复旦大学中国语言文学系
中国作家协会权益保障委员会

人文阅读与收藏·良友文学丛书

新传统

赵家璧 著

中国国际广播出版社

良友版《新传统》平装本封面

良友版《新传统》平装本封底

良友版《新传统》编号页

良友版《新传统》扉页

良友版《新传统》版权页和内文第一页

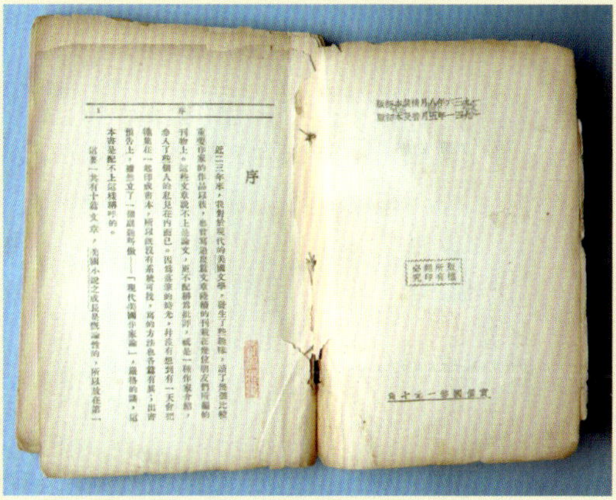

良友版《新传统》内文

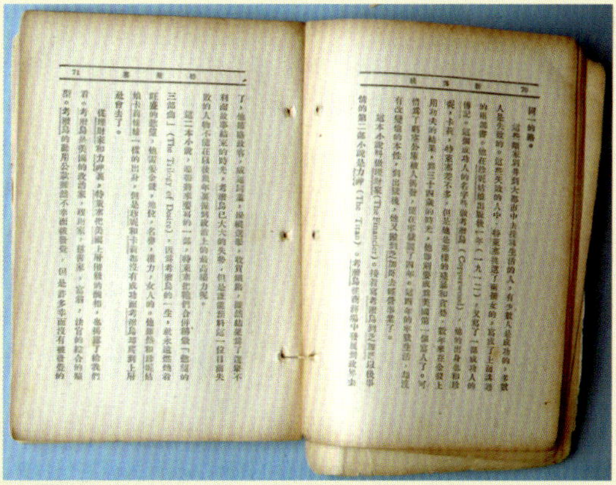

良友版《新传统》广告页

良友版《新传统》广告页

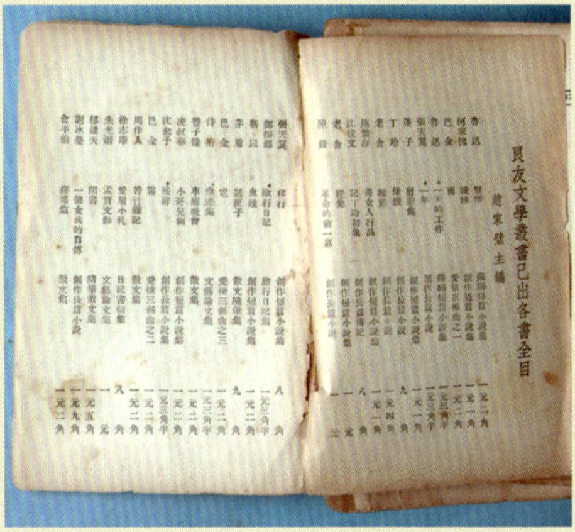

《良友文学丛书》新版出版说明

二十世纪三四十年代，著名编辑赵家璧在上海良友图书公司老板伍联德的支持下，历经十余年，陆续出版《良友文学丛书》，计四十余种。其中三十九种在上海出版，各书循序编号，后出几种则无。该套丛书以收入当时左翼及进步作家的作品为主，也选入其他各派作家作品。其中小说居多，兼及散文和文艺论著；第一号是鲁迅的译作《竖琴》。丛书一律软布面精装（亦有平装普及本），外加彩印封套，书页选用米色道林纸，售价均为大洋九角。

《良友文学丛书》选目精良，在现在看来，皆为名家名作；布面精装的装帧更是被许多爱书人誉为“有型有款”。不可否认，在装帧设计日益进步的当下，这套出版于二十世纪三四十年代的丛书外形已难称书中翘楚，但因岁月洗汰，人为毁弃，这套曾在出版史上一度“金碧辉煌”过的丛书首版已然成为新文学极其珍贵的稀见“善本”。

在《良友文学丛书》首版八十周年之际，为满足现代普通读者和图书馆对该丛书阅读与收藏的需求，我们依据《良友文学丛书》旧版进行再版（四种特大本不在其列）。本着尊重旧版原貌的原则，仅对旧版中失校之处予以订正。新版《良友文学丛书》采用简体横排的形式，以旧版书影做插图，装帧力求保持旧版风格，又满足当下读者的审美趣味。希望这一出版活动对缅怀中国出版前辈们的历史功绩和传承中国文化有所裨益，也希望广大读者多提宝贵意见和建议，以便我们把日后的工作做得更好。

《良友文学丛书》新版校订说明

一、本丛书收录原良友图书公司编辑赵家璧主编《良友文学丛书》共四十六种（四种特大本不在其列），乃为目前发现且确系良友版之全部。

二、此番印行各书，均选择《良友文学丛书》旧版作为底本，编辑内容等一律保持原貌，未予改窜删削。

三、所做校订工作，限于以下各项：

（1）将繁体字改为简体字；

（2）原作注释完全保留；

（3）尽量搜求多种印本等资料进行校勘，并对显系排印失校者在编辑中酌予订正；

（4）前后字词用法不一致处，一般不做统一纠正；

（5）给正文中提到的书籍和文章及其他作品标上书名号，原作书名写法不规范、不便添加符号者，容有空缺；

（6）书名号以外其他标点符号用法，多依从作者习惯，除个别明显排印有误者外均未予改动。

目　次

序

近二三年来，我对于现代的美国文学，发生了些趣味，读了几个比较重要作家的作品以后，也曾写过几篇文章陆续的刊载在几位朋友们所编的刊物上。这些文章说不上是论文，更不配称为批评，只是一种作家介绍，参入了些个人的私见在内而已。因为落笔的时光，并没有想到有一天会把它集在一起印成书本，所以既没有系统可找，写的方法也各篇有异；出书预告上，虽然立了一个副题叫做——“现代美国作家论”，严格的讲，这本书是配不上这样称呼的。

这里一共有十篇文章，《美国小说之成长》是概论性的，所以放在第一篇。从特莱赛起到帕索斯止，一共八个人，按照第一篇中所讲到的略分先后；最后一篇，只是一个附录而已。我挑选这些作家，完全凭了个人的趣味和材料的是否顺手而定。现代美国文坛上，还有十个以上的人是值得我们认识的，这工作想等着将来去做；

目前暂把这已写成的几篇集成了一册，编在良友文学丛书中了。

美国的文学是素来被人轻视的，不但在欧洲是这样，中国也如此；所以有许多朋友劝我不必在这种浅薄的暴发户家里枉费什么时间，然而我竟然这样的枉费了。

我觉得现在中国的新文学，在许多地方和现代的美国文学有些相似的：现代美国文学摆脱了英国的旧传统而独立起来，像中国的新文学突破了四千年来旧文化的束缚而揭起了新帜一样；至今口头语的应用，新字汇的创制，各种写作方法的实验，彼此都在努力着；而近数年来，在美国的个人主义没落以后，从五四时代传播到中国思想界来的“美国精神”，现在也被别一种东西所淘汰了。太平洋两岸的文艺工作者，大家都向现实主义的大道前进着。他们的成绩也许并不十分惊人，但是我们至少可以从他们的作品里认识许多事实，学习许多东西的。

赵家璧　一九三六，八，廿

美国小说之成长

在三十年前要把美国文学当做“美国的”民族产物般研究，是一件很困难的事。从美国初有文学作品起，一直到十九世纪的末期止，不但所有作品中的文字，风格以及故事等等，随处模仿着英国作家，而被英国的传统所笼罩着；读者对于著作家的态度，也跟了英国批评家的好恶而转移，著作家毕生的目的，更只在如何才能写得跟英国人所写的东西没有分别而已。一七八八年《美国杂志》上登着这样的一段话：

> 还有一件事情：要使文学作品获得名誉必须“渡过大西洋”。因此所有的作家应当先把他们的原稿送到英国去，再回来当做英国的出品般发售，才能得到较大的声价。凭你写得怎样好，没有一件作品是可以在国内估到高价的。[1]

---

① The American Magazine Jan. 17 1788

这一种奴性的见解，自然地使所有跟从英国传统的作家，被大众读者所爱好，而使想突破这种母国束缚而独创“美国的”文学的作家，随处受社会人士和出版家的唾弃。因此美国政治上的独立，虽然宣布于一七七六年，可是美国文学，一直到十九世纪末叶，还只配称做殖民地文学，和加拿大文学，奥大利亚文学，同样是英国的一支，谈不上有什么独立的民族性的。正如约翰·麦西（John Macy）所说：“美国文学是在这国度里所产生的英国文学而已……你可以在美国政治，美国农业，美国公立学校或是美国宗教中找出它们的特点来，但是在美国文学里，有什么东西是真正美国的呢？”①

从殖民地文学到民族文学

二十世纪以前在政治上早成为独立国家的美国在文学上所以还停留在殖民地状态中，我们可以找出三个较切实的理由。这三个思想上的，言语上的，经济上的理由，就支配了一百五十多年来美国人在文学作品中所表现的殖民地心理。

研究美国历史的人，谁都知道美国的最大部分人民是由英国移殖过来的。其中抱着一种妄诞的理想，要到新大陆来发财的当然也有；可是大多数却是为了当时英

① John Macy：The Spirit of American Literature P. 1

国的皇帝杰姆斯第一（James I）继伊立莎白而执政以后，信奉英国正统教会（Orthodox），把所有的清教徒和异教徒一样的虐待，许多人受到酷刑，许多人被逐出国。当时比较有自知之明的人，知道与其在旧世界上受到皇帝的虐待，而有被放逐的危险，不如自己到新世界上去碰碰命运，反能获得信仰上的绝对自由。于是在伦敦公司（London Co.）和泼莱毛斯公司（Plymouth Co.）的劝诱下，大批的清教徒，和包含长老会，侵礼会和朋友会（Quaker）的异教徒，从一六〇七年从佛琴尼亚州的杰姆斯市（为尊崇国王杰姆斯而取的名字）起，逐渐的布满全美了。

这些教徒，都是属于出身微贱的中等阶层。他们是畏缩，守旧，无智识。一方面但求物质生活的安全，一方面只看到宗教是他们生命的重心，因而文学艺术，就在情理中的被他们所疏忽掉。由这一大批庸俗的中间份子，组织成了整个的美国社会，正如茂杜克教授（Murdock）所说：当时“既没有有闲而爱好艺术的人去吹嘘或是责骂当时的诗章，也没有人去帮助一般在挣扎中的作家。除了一些暂时翻阅或是对于工作有些微实益的书籍以外，简直没有购书的群众。”

这些暂时翻阅的可怜的读者呢，又都被自己的私见所束缚着，迷惑于传统的英国作品；因此在有限的作家中，为了迎合他的读者，便谨慎的走着旧路，一点不敢去自己标新立异。卡尔浮登（Calverton）说："美国清教徒的小资产阶级心理既不鼓励艺术，也并不把文学在宗教的以外去好好培植它，他们常常带了一种远离了爱美的目标去抬高价值的理想。他们对于艺术价值的不重视，加上殖民地心理的影响，在有限的艺术企图上，既不鼓励独创反而提倡模仿，因而使美国文学，在二十世纪以前无法达到成熟的程度。"①

言语上的被束缚，也是一种很重大的原因，因为要产生自己的文学，一定要先有了自己的言语。用自己的言语才能表现自己的人物，自己的背境，以及自己的思想。美国人的言语和文学，从开始移植到新英格兰起，一直把从大西洋彼岸带来的英文作为标准。在文学作品样样模仿英国的情形下，变换文字，当然被一般教徒们所反对的。像杰福特（William Gifford）主张用希伯莱文去替代英文，勃立斯提特（Charles A. Bristed）建议用希腊文去从事文学革命，都遭到社会上的攻击。但是到一七八九年，字典学家韦勃斯特（Webster）已在说："在将来，美国的言语从英文分离开来是必需而不可避免的事。……许多地方的原因，如新的国家，新的人民组织，在艺术上和科学上新的思想，还有许多欧洲人所莫名其妙的土人的方言，会把许多新字汇加入到美国语言中去

① The Liberation of American Literature P. 86

的。这些原因，隔了不久就会产生一种与英文不同的北美洲的言语，像现在荷兰，丹麦和瑞典的言语和德文间相差的一样。”当时韦勃斯特想要“趁此机会，去建造一个民族的言语，像建造一个民族的政府一样；因为一个独立的国家，我们的荣誉需要我们自己有一个组织，不但是政府上的，而且也是言语上的。”[1]

韦勃斯特这种预言，据门肯说，应用到文学上去的第一批人便是劳威耳（Lowell）和费特曼（Walt Whitman）。[2]费特曼自己曾经在讨论他那部《草叶集》（Leaves of Grass）说：“我想整部的书是一种言语上的试验而已——用新字和新的语法去表现精神肉体和人，一个美国人；一个世界主义者的自我表现而已。”[3] 但是在费特曼尝试下所得到的收获是很渺小的。他的作品既不被当时的读者所重视，他更不能领导时代去从事言语上的革命。

文字上的阿美利加主义既不能通行，美国文学当然没有能力可以冲破了这外表的束缚去建设自己的园地。把维多利亚式的文字和风格作为创作的工具和标准，根本就限制了美国文学的生长，而美国文学便在文字的难关没有打破以前永远做了英国的殖民地文学。

---

① Webster：Dissertation on English Language.

② H. L. Mencken：The American Language.

③ W. Whitman：An American Primar.

美国文学迟迟成熟的又一个更重大的原因，便是经济上的落后。作为一切产生艺术的主要条件的经济基础，既然处处受英国的支配，反映社会和生活的文学作品，当然脱不掉殖民地的心理。

美国所受英国在经济上的压迫，从伦敦公司起一直到世界大战时期为止。虽然因独立战争的结果，美国在政治上已获得了独立的地位，并且福尔敦（Faulton）发明汽船，斯谛芬斯（John Stevens）建筑铁路，灰特尼（E. Whitney）又发明轧花机，工业革命在美国人的生活上曾大起变化，可是经济关系上还是受制于英国。像一八五八年美国的哥林轮船公司（Collin Line）的船只，终于售给英国公司，许多海上运输的商务，都落在英国人的手中，已足证明经济上的落后了。

文学作品没有能力可以脱离这主宰的经济势力而自己建立起来，当然是情理中的事。所以卡尔浮登说："虽然有最勇敢的企图想建立起美国的文化，但是这种文学上的自由运动所获得的结果甚微。因为这个国家比英国以及欧洲其他各国在经济上的地位较逊，所以殖民地心理既形强化，它在文化上的不成熟，轻轻的文字上的表示是动摇它不得的。"①

上面讲的三种限止美国文学独立成长的障碍物，到

① The Liberation of American Literature.

二十世纪的开始，才逐渐融解，大战以后，乃趋消灭。到近几年来，美国文学才被世界文坛把它和法兰西文学，德国文学，俄国文学等用同样严肃的态度，当做代表一万二千万美国人民的意识而研究着尊重着了。

现在的美国，因为经济上不但不受英国的支配，反而用它的金圆政策在支配着别人；人民既有充足的余钱去买书，民族的自觉也深刻的表现在美国人的心理和美国人的作品上。至于文字的结构到帕索斯，和福尔克奈，也已打破了传统的文法，变动了文字的拼音，吸收了许多黑人的，德文的，法文的，以及各地的方言和土语，创造了自己的韵律，织成了自己的散文了。现在我们拿一本《八月之光》（The Light in August）和《渡河》（over the-River）来相比，把《一九一九》（1919）和《镜中人影》（Portrait in The Mirror）来研究，我们立刻就可以辨别出前者是美国人的小说，后者是英国人的小说。这不但说从文字的格调上可以感觉到，创作的方法和故事的题材同样显示着清楚的分野。

目前在老大的英国，许多人一边把维多利亚的作风当做一切写作的最高标准，而严谨的追随着；一边诋责了心理的现实主义，否定了社会的现实主义，而竖起新浪漫主义的旗帜来；① 新进的美国，却已浩浩荡荡的依

① Hugh Walpole：The Tendency of British Novel.

着现实主义的大道，在独立的创造起“美国的”小说来了。

美国小说清除了那许多荆棘，走上了这一条正道，是经历过许多阶段的。在依着这条大道进行的作家中，许多人是属于过去的，许多人是正在前进着，更有许多人在把自己转变过来。这些英雄都是使美国小说成长的功臣，前人开了路，后人才能继续的扩张而进行；而马克·吐温（Mark Twain）的开辟荒芜的大功，更值得称为近代“美国的”小说的始祖。

早期的现实主义者

马克·吐温在美国小说史上的功业决不如《康桥美国文学史》上所说，“在‘优秀的传统’以外从事写作，是显然的想去迎合大众……”① 那样简单。他那部在出版后六个月内销行三万一千本的 Innocents Abroad，确实是第一本美国的散文。在他以前，没有一部小说能这样的摆脱殖民地心理而写得如此独创而富有边疆精神过；加上了那幽默的风格，更帮助这部作品获得广大的读者。

在丰足而快乐的美国西部所产生的那种轻快诙谐的美国幽默，是和英国传统根本相反，而早被勃列特·哈特（Bret Hart）称为美国文化所产生的第一颗美丽的果

① The Combridge History of American Literature Vol. Ⅲ P. 1

实的。它开始显形于传闻轶事中，后来便口头传述，通行于酒吧间和乡下人的市集间；以后便流入大庭广众间演说家的口中，这一切都出之以滑稽的故事，最后便侵入了报纸。它最大的特点是独创而新奇，它的个性和特点是那样的浓厚，外国的读者都称这一种幽默故事为“美国故事”（An American Story）。

马克·吐温领导的“美国故事”，替美国的文学开了一条正确的路。详尽的个性描写的写实方法，多少的把当时风行的浪漫主义减色了许多，而他的那种错误的拼音，反传统的用字，以及故事的悖理逆性，隐语的无意义，一方面引起本国读者的乡土趣味，一方面和东方的英国传统的作家对立了起来。当时斯堆特曼（Stedman）就说这一种“读者趣味的可怕的堕落”是美国文学的大危机。[1] 他的所谓“堕落”，就是指西部那种由马克·吐温所领导着的幽默文学而言。

马克·吐温的幽默小说，虽然受到同时代人的攻击，可是从历史的观点上看，马克·吐温的“边疆的现实主义”（Frontier Realism），或称初民的现实主义（Primitive Realism），终于替今日的美国现实小说树了一块基石。在这块坚固的基石上，我们才能够看到后世的灿烂宫殿

① Walter Blair：The Popularity of 19th Century American Humorists.

来。跟着马克·吐温便发展到霍威耳斯（Howells）的“缄默的写实主义”（Reticent Realism）。

霍威耳斯在美国文学史上的地位，虽然也有人称誉之为和法国的左拉，俄国的托尔斯泰同样的重要，但是一读他的作品，例如《西拉斯·莱普曼的发迹》（The Rise of Silas Lapman），我们就感觉到虽然所取的材料都是典型的美国的，但是他所着重的那些经验，和美国人的生活还不很适合。在《命运的转机》（A Hagard of New Fortune）里，读者也有许多重要问题被疏漏了的感觉。其他的四十几部作品中，都表示出作者虽然有针对现实的企图，可是没有十二分深入事物的中心而获得写实的效果。他游移于两个不同的世界中：一个是隐射西部而由平凡的人所组织成的平民的世界，一个是隐射东部而由安乐享福的人所组织成的上层中产者的世界，霍威耳斯的思想就动摇在这两个矛盾的世界中。

像他在政治生活中的不澈底的过激主义一样，在文学生活中，他的现实主义是自己形容为一种“缄默的现实主义”的。在他自己所认定的范围以内，他也许可以称为现实主义者，可是他从不越出“缄默”的范围。所以《康桥美国文学史》上批评霍威耳斯说：“像一个很谨慎的去选择文字的圣人一样，他是一个选择的写实主义者，每一本小说的结束都是快活的。许多角色都白头偕老，而一切有关性生活的话，也没有一处不故意的回避掉。”[①] 关于这一点，就从他鄙弃巴尔札克，说他的书是“把事实表现得那样的坦露而显得很猥亵”的一点，早可以看出他对于现实主义的认识还嫌肤浅。而当高尔基带了一个不是他妻子的女人同到美国，霍威耳斯就因为这一点私人道德上的琐屑事件，而取消他会见的决定，更可以证明这个缄默的写实主义者是如何的没有脱去他陈腐见解的束缚了。

话虽如此，霍威耳斯对阿美利加主义和现实主义在美国的成长，和马克·吐温是同样值得纪念的。他虽然没有把他那时代的生活忠实的纪录下来，并且有许多不澈底的地方；至少他已看到一个美国作家所应写的题材必得是美国的事物，而写小说的基本条件更脱不出对于事实忠实的观察和热情的抒写。尤其在编辑《哈普杂志》（Harper）时提拔许多后起的作家如诺里斯（Frank Norris），克伦（Stephen Crane），迦兰德（Hamlin Garland）等，确是替后进者指导了一条正当的路向的。日后暴露文学的掀起，更应当归功于霍威耳斯。

暴露文学

美国小说经过了马克·吐温的“边疆的现实主义”和霍威耳斯的“缄默的现实主义”，到了十九世纪的

---

① Cambridge History of American Literature Vol. Ⅲ P. 77.

九十年代又深进了一层：在写实的企图以外，带上了些社会的意识，成为美国文学史上最不易忘记的暴露运动（muckraking movement）了。

当时美国的经济组织已逐渐的复杂，不但东部的大工业已发长成相当的势力，就是西部荒僻之区因为横断铁道的完成，现在也被新工业所侵入。大量生产替代了手工业，农村的人民被大都市所吞服，于是二百年前从英国来的一部分小有资产者，现在如暴发户般，忽然占有起千万的金元来。造船业，汽车业，制造工业，大农场，不到数十年，美国已产生了一大批“上级的中等阶层”。这一群人的产生，把整个的中等阶层分化成为两部分，这上级的中等阶层便和下级的形成了对立的形势。而下级的中等者既感觉到自己处处受威逼，同时眼看到上级中等者发财的方法，有不少是足资攻击的，于是为了自身利益起见，不得不想方法去暴露他们的弱点，根本上动摇他们在社会上的潜势力。双方冲突的结果，便造成了十九世纪末叶到二十世纪初期间所谓“暴露文学”的发现。

暴露文学的战场，一大半是在当时已十分流行的文艺刊物上：《万人杂志》上，有人写文章这样讲，“所有老板的老板便是毛根。”① 《国家周刊》上抨击独占政策

① Everyman's Magazine Sept 1910

是必得打倒的。[①]《斯克立勃纳月刊》说："我们美国人并不是嫉忌心重的民族，但是当有几个邻近的人，他们聚焦了那么许多过度的财产，而威逼的去减少我们所希望得到的大众财产时，我们倒开始有些担忧了。"[②] 还有《读书人月刊》也很早的就在警告富人政治的危险。[③] 这时期重要的作者有斯缔芬司（Lincoln Steffenes），邱吉尔（Winston Churchill），飞利普斯（D. G. Phillips），怀特（W. A. White），等其中以斯谛芬司的态度最为激烈，而在他的《自传》中，简直明白的纪录了暴露运动的升起和没落的经过。

这一种运动的中心思想是：他们觉得工业制度并不是一样不可取的东西，但是当工业制度的利益完全到了私人的手掌中而不能为社会谋利益时，就应当把社会重新改组过，使它的利益平均分配。换句话说，就是问题是在管理方面，假如生产的工具，是为了整个社会谋利，机械时代并不是不可取的。所以暴露运动也可以称为社会的改良主义者。

这一种文学运动，对于二十世纪的美国文学，发生极大的影响，因为它在现实主义以外，又替美国小说开

---

① Nation May 16 1910

② Scribner Feb. 1907

③ Bookman Oct, 1898

辟了一条社会主义的道路。从斯谛芬司，怀特，飞利普斯，邱吉尔引起了一般人对于社会上政治家，事业家和大商人的兴趣，因而发展成日后许多带有社会意识的政治小说和商业小说，把美国人的目光，第一次由“个人的”转变而为“社会的”了。

从暴露运动里产生了两个比较重要的小说家。他们的名字，我们已很熟悉。一个是还在继续写作的辛克莱(Upton Sinclair)，另一个是已死了多年的杰克·伦敦(Jack London)。

这两位作家，都是中等阶层出身，年轻的时代，同样经历过相当的苦楚。杰克·伦敦在渔舟上谋生，辛克莱每天写八千字的小说去换钱来上哥仑比亚大学读书；处女作虽然大家没有一鸣惊人，但是当辛克莱的《屠场》(Jungle)，伦敦的《野性的呼声》(The Call of Wild)获得估价以后，大家都逃过了贫穷的难关，而在可观的收入下，同样过着很舒适的生活。除了这些生活上和事业上的相同点以外，在美国文学史上，这两个名字也并列的代表着早期的社会主义的写实主义者的。

虽然杰克·伦敦在晚年为了金钱的目的，每年出版四部书，“只知道追求金元，金元，金元；”更相信安格罗撒格森人是人类中的精华而否认世界人种有共通的可能，这些都足以证明他并不是一个正宗的社会主义者，可是在许多作品中，确曾包含着深厚的社会思想。他给辛克莱的信上叙述他自己的那部《马丁·伊顿》(Martin Eden)说是“抨击个人主义”而颂扬社会主义的。《深渊里的人们》(The People of Abyss)写作的时候，伦敦为了求得自身的体验，曾在伦敦贫民区域中过了许多别个作家所不愿过的日子。他在写给华林斯(Anna Strunsky Wallins)的信上说：“星期六晚上，我无家可归的出去了一整夜……在大雨中走着，皮肤都淋得湿透了，不晓得什么时候才会天亮……星期日早上我回到家里，三十六个小时继续的工作，只有一晚上睡了一忽，今天我写了，改了，誊了四千字，现在方才完毕。”这一种为了求作品的真实而自己去体验小说中的生活，是值得我们佩服的。《铁踵》(The Iron Heel)的内容可以说是已趋向了过激主义，而在《阶级斗争》(The War of Class)一书的序文里，他更说：“我曾在煤矿硝酸厂里作工，又曾当过水手，在失业队伍中曾等了几个月要工作做。就是这些劳工的生活是我生命中所最敬重，而也是我终身所要抓住的一点。”可是这些只是他的理论而已。像他晚年脱离社会党而躲避到田园书籍里去一样，在文学上，结果只是一个自我主义者。

至于辛克莱，他是激烈的抨击美国的社会制度，而暴露上级中等阶层中的丑相的。他的忠于事实的态度，也不下于伦敦。为了写《玛那萨斯》(Manassas)，他读了五百部书，所以全书中描写南北交恶的材料是再充实而正确也没有的了。为了写《屠场》，他知道书本还不够，便去视察码头，参观工人的家庭，更和医生，律师，政治家，警察等谈话。他的小说，一大部分是攻击社会上某一种制度，或是某一种人的。《石炭王》（King Coal）抨击美国的煤矿的秘密，《威廉·福斯》（William Fox）攻击电影托拉斯的并吞制度，《屠场》暴露包装肉食的工厂对于公众卫生的害处，《钱魔》（Moneychanger）描写银行的秘密，《波斯顿》（Boston）以无政府党萨哥和樊才谛的案件作故事而替他们抱不平；他如卖淫执照（Brass Check）主张新闻纸应享自由，《宗教的利益》（Profit of Religion）提倡把宗教放在较合理化的立场，《鹅步》（Goose-Step）是煽动教员罢工去改造大学的。这许多书，所写的都不是虚构或夸大的浪漫史，所以像《屠场》一书出版后，罗斯福总统就制定了处理食物的法律，去防止如辛克莱所说的那种不道德事件的重现。但是这两位作家，同样只看到了现行制度所造成的罪恶，感到有暴露的必要，所以在替被压迫者哀求着读者的同情和怜悯，此外是别无所求的。

但是回头看整个的暴露运动，要讲把典型的美国生活作为美国小说的主要题材，这一个时期可以说是有史以来第一次丰盛的收获。许许多多美国的大资产家，做了小说家的模特儿，包含铁路主人，土地商人，股票掮客，包装肉食商，州长，大总统，电影托辣斯。把他们如何的用贪鄙的手段去发财，如何的利用卑污的金钱去获得社会上的地位，尽情的描写。只是从斯谛芬司起直到辛克莱止，这一种社会的现实主义的企图，因为他们只动摇不定的站在改良主义者的立场上，所以到许多抨击大工业家的杂志，被大工业家用金钱收买和威逼时，随即风扫落叶般顷刻的消沉下去了。

逃避的中代作家

时间转入了二十世纪，美国的文学，才用民族主义的形式，现实主义的内容出显现于世界文坛；但是在发展到这一地步以前，也曾经过一度的反向。

原来美国从南北战争（一八六一）以后的数十年里，大工业制度以惊人的速度向前发展，最初的原因是为了在战争时期，要求很大的供养物，如钢铁棉毛织物铁路材料军需品，还有大量的面粉腌肉及其他农产物等，去维持战场上的之军队，政府方面也加速度的去建筑铁路，开采煤矿，建设工厂，人民方面更努力去发明新式机器和节省劳力的方法。可是到暴露文学发现的时候，大工业家和大资本家已渐渐地替代了大地主的地位，机械打倒了手工，热闹的都市，吸入了所有乡村的优秀份子而日渐膨胀着；更为了交通的便利，与外国人交易的烦忙，重要的口岸都已变成了国际都市，田产的价值远不及铁路，工厂，金矿，城市的建筑以及各种工业上的投资了。到一八九八年，由古巴革命而引起的对西班牙战争，在南北美洲已称霸主的美国又获得柏托里科岛，圣胡安，菲列滨群岛等许多东方新利益；而中国拳乱（一九〇七）之时，美国和欧洲各国联合干涉中国的内政，更获得许多意外的收入。当二十世纪初叶美国在外交上和经济上这样大奏凯旋而渐渐跨上世界强国之列的时候，文学也跟了政治的和经济的优越，而逐渐发展起来。

为了大工业制度的发达，和金元外交的节节胜利，不但上级中等阶层不因暴露运动而稍稍敛迹，更为了他们所经营事业规模的扩大，来往金钱数目字的增高，这些高踞在上的工业家，已和生产的工具逐渐疏远，而只有金钱和他们发生关系。于是这些托辣斯，交易所的经纪人，以及银行家等，便在社会上形成了一种"拟贵族的阶层"（Pseudo-aristocracy）。他们比上级中等阶层更深入了一步，除了产生的条件稍稍不同以外，和欧洲的贵族阶级简直同样的富有而享受。这一群人，既不用如过去一辈企业家般自己日夕的工作，每天在度着优闲日子的生活中，便自然地发生了对于文艺上的雅兴。他们既不喜欢马克·吐温，霍威耳斯，更不高兴伦敦和辛克莱一辈人把美国的社会真相表现于小说中。于是他们就想用文学来作为逃避这烦乱的现实的工具。《国民周刊》上有一段话很可以代表当时的风尚，他说："这是很可能的事，我们已经逐渐的对于有作用的小说感到厌恶了。”① 支持这一种见解的拟贵族既在社会上占着领袖的地位，这一种观战的人生观，在二十世纪的开始一二十年里，便在美国的文坛上发生过一部分的势力。

这方面的作家中，有几个名字是值得一提的：维拉·凯漱（Willa Cather），华顿夫人（Edith Wharton），凯贝尔（Cabell），赫格夏麦（Hergesheimer）。他们同样的不把美国的生活真实的描写，同样的不看重目前的现实而回头到过去去找安慰，同样的脱离社会而独个儿躲在自己的象牙塔里。

维拉·凯漱女士的著作，简直每一部故事都放在悠远的空间和古老的时间里；只有《我们中的一员》（One of Ours）写大战时期青年人的幻灭，比较上取材于现代。此外，如《石上人影》（Shadows On The Rock）写十八世纪宽拔（Quebec）地方法国殖民的情形；《主教之死》（Death Comes for The Archbishop）的背景是一八四八年新墨西哥的传道时代，《我的安托尼》（My Antonio）是讲美国西部刚开发的那几年。作者除了用感伤的笔调抒写过去许多开辟殖民地的英雄，虔诚传道的教士，和孤苦卓绝的吉卜赛女子的一生以外，又用了追怀的情绪，把读者带回到一个晦暗不明的世界中，

① The Nation April 18 1912

远离了二十世纪的机械时代，在幻想里重新筑起一个理想的社会。

这社会和她自身所生活的不但相差数十年，构成这理想社会的人物，像修道成仙的亨萧夫人，客死异乡的凡兰主教等都像梦中经过的黑影一般，要找他们的血肉是不存在的。可是为了包容这些虚幻故事的文字，写得那样的细腻而甜蜜，在轻快明朗的散文中，带上了音乐的韵调，所以作者的每一部书，都可以说是一连串美丽的图书而被许多有闲的读者所欢迎着。这种为了在思想上不能应付目前的现实问题，而逃避到过去的回忆中去，在形式上用美丽的文字去填补这空虚的内容，正是当时一部分美国读者所要求的东西。

华顿夫人也是走着这一条路的。她是出身于富有的家庭，又嫁了一个大银行家的丈夫，来往的人都是些自以为的贵族份子，因此她的生活背境和她的老师亨利·詹姆斯（Henry James）很相像。她既生活于这种奢侈而富有的环境中，她替自己一群人说话，当然是意中事。在 Custom of the Country 和 The House of Mirth 这两部书里，就明显的表示了她贵族的立场，而在 The Fruit of 和 The Tree 里，更证明她对于目前的工业制度缺乏明确的了解。到一九二〇年《无知时代》出版，华顿夫人不特背弃了写实主义，更走向浪漫的感伤主义上去。她跟维拉·凯漱一样，想描写七十年代纽约的荣华而追述当时那种安居乐业的古老日子，去给读者一种幻想间的安慰。

赫格夏麦虽然不像华顿夫人般出身贵族，可是他一样的走上浪漫谛克的路。他的理想是美的和奢侈的。在《林达·康登》（Linda Condon）里面，他就写一个青年对于一个追求而不可得的女子的理想。在《三个黑便士》（The Three Black Pennys）和 Java Head 里，赫格夏麦更回头向过去发展。在这些故事里，作者不特布置了一种极奢侈的生活，并且在小说中的房屋，衣着和家具上，极尽装饰的能事。和赫格夏麦名字时常连系在一起的凯贝尔，他和上述的三个人同样主张一个艺术家对于社会的任务只在乎创造一个美丽的理想，使得生命更能持久而已。

这一群人，跟了拟贵族阶层的产生，替他们制造了许多逃避现实的浪漫故事，至今还有作品逐年的在出版。他们不但在文字上包含了浓厚的维多利亚味，作品的内容，也没有脱去殖民地心理。因此维拉·凯漱至今在英国极受推重，被华尔特曼（Waldman）称为在大陆上唯一被崇拜的美国作家；华顿夫人不但在英国受教育，并且更崇拜英国的风度。在美国文学逐渐独立而现实主义已证明是主要潮流的二十世纪，这一派作家的出现，在美国文学史上，只可以当作大风雨将来前的一种片刻的安静，代表着少数富人们悠闲的心绪而已。

现实的中代作家

因为大工业制度的发展而有拟贵族的产生，在同一条件下，下级中等阶层的小有资产者便被拟贵族的倾轧而渐趋没落。那些过去足以自己支持的小工业和小商业，受到托辣斯和大银行的威逼而不能立足了。于是三百年来，在美国主占一切的中间阶层，例如小商人，富有的农户，小职员，知识阶级，到二十世纪的开始，已加速度的失势。为这没落中的小有资产者代言的文人，看到这无可抗拒的运命，便除了把自己这群人的生活，忠实的表露以外，只有充满了悲观失望的气息，在慨叹着自己的不幸。诗人方面鲁滨逊（Robinson）是主张一种灰色哲学的；艾梅·劳威耳（Amy Lowell）和桑德堡（Sandburg）也倾向悲观主义；康拉特·爱肯（Conrad Aiken），依里奥特（T. S. Eliot），杰弗斯（R. Jeffers），也觉得一切都绝望；而批评家门肯（H. L. Mencken）对于人类的将来更不抱一线希望。小说家方面便有德莱塞（Theodor Dreiser），安特生（Sherwood Anderson），和刘易士（Sinclair Lewis）三个主要的作家。

这三位小说家出现的时期和上述的凯漱，华顿，赫格夏麦等同时，普通是一起被称为中代作家的（Middle Generation）。只是他们走的路完全不同：前者不脱英国传统而主张逃避现实的浪漫主义者，后者是从事于现实的纪录，而要把美国小说，在文字上，题材上，和写作方法上当作一种民族的产物般努力去开辟新世界的。

从马克·吐温的“边疆的现实主义”经过霍威耳斯的“缄默的现实主义”和辛克莱一群人的暴露文学，到二十世纪德莱塞出现，美国的现实小说，因为社会条件的具备，和殖民地心理的消灭，冲破了浪漫主义的烟雾，而开拓到“真实的现实主义”的园地里去了。虽然它的真实仍旧限制于个人而没有发展到社会方面去，但是特莱塞却已经够称为美国“真实的现实主义”（Candid Realism）的先锋。

德莱塞的现实主义，是个人主义的现实主义，他代表了美国农村和都市里数千万小有资产的个人主义者，为了受到各方面的压迫而难以生活，在替他们吐露着那种悲观失望的情绪。像珍尼·葛哈特（Jennie Gerhardte）和卡莉姑娘（Sister Carrie）等，都是压扁了的中产分子，他们在目前的社会里，只有忍受一切的运命而走向末路去。

德莱塞处理这一群压扁了的人物的写实手段，比霍威耳斯要高明得多。他是不带一分偏见的把一切生活的真相，都原原本本的表现给我们看。他所选择的主要人物，许多是以前的小说家所不屑注意的：像做茶房的克立夫（Clyde Cliff），穷女孩卡莉，沦落天涯的葛哈特，这些人物，作者都用最真诚的同情心描写他们的悲惨生涯。

由于这种反浪漫的文艺观，他摆脱了殖民地意识的束缚，而第一个不承认在美国的文学中有所谓英国传统的存在。在他的作品中，不但充满了美国味的背境，行动着典型的美国人物，并且追随了费特曼和马克·吐温，在文字上也逐渐养成了一种独特的美国格调。这一种伟大的贡献，和安特生同样的被门肯称为在现代美国小说中第一次运用“美国语”的作家。

在创立美国格调上，安特生比德来塞更进一步。他是更有勇气的去自己创造。他大量的引用许多穷人所讲的口头语以及土语到小说中去，像《温斯堡·屋亥俄》（Winsburg, Ohio）和《穷苦的白人》（Poor White）里，我们时常碰到许多英国小说里所绝对没有的造句和新字汇。这一种对于英国文字和英国造句的革命，是美国文学独立运动中一部主要的工作。虽然当时一般守旧的读者和英国的评坛呵责他所写的为 Bad English，但是安特生相信要适合新的内容是非创造新的形式不可的。

当时在巴黎，已有两个和英国的传统恶斗了许多年如今都已自己创立了特殊式样的老作家：乔也斯（J. Joyce）和裘屈罗·斯坦因（Gertrude Stein）。他们已证明了依然用旧的文字而利用新的组织和新的意味是可以造成一种绝对不同的文学的。于是美国的革命文人，为了要摆脱英国文字的束缚，都从英国掉回头来，到巴黎去找寻新的启发。安特生也是其中的一员，他在文字实验上，受到裘屈罗·斯坦因的影响很大。关于这，《托克拉斯自传》（The Autobiography of Miss Toklas）的末段讲得很详尽。至今勃那·法伊（Bernard Fay）还说安特生的文字是继续了斯坦因的系统的。

安特生和德来塞同样出身于贫苦的家庭，同样取写实的态度，而他们的作品也同样替这正在没落中的小有资产者诉苦的。《温斯堡·屋亥俄》写的是小城市中在灰色生活里挣扎着小市民。他的自传《一个说故事者的故事》（A Story-teller's Story）更明白表现了他自已的一伙人，如何的受到大工业家的压迫而困苦的生活着。安特生以为目前一切的混乱，不平和痛苦都是大工业制度所造成的。在过去的手工业的小城市里就比较有希望得多。他说："啊，你们，斯谛芬斯（Stevenes），费兰克林（Franklin），拜耳（Bell），爱迪生（Edison）你们这批工业时代的英雄们，你们是我们这时代里的人类的神祇……你们所有的成功，实在是毫无意义的。古老时代有更多可爱的人，他们现在虽然有一半被人忘却了。但是到你们被人家忘记时，他们还会被人记住的。"① 这一种反对工业制度的偏见，就把《穷苦的白人》来看，也全是讲中西部的美国如何由机械替代了手工，而克麦伏

① Sheawood Anderson：Story-teller's Story

爱（H. Macvoy）的发明如何的不但不能增加人们的快乐，反而把过去的一切快乐生活都破坏了。所以安特生小说中的人物，一大半像在《阱口》（Trap Door）里那位教授所说：“像是一个丢落在暗室中的人正在摸索着墙壁，”他们虽然被工业家逼得要死，可是死既不愿意，而生又是一件极大的受苦事。

狄那摩夫（S. Dinamov）在批评安特生的文章里，他说他记得看见过一幅讽刺画，有一大群疲乏饥饿的贫民躲在一间半开着门的破屋里，门外站着两个人，画底下写着这样几个字：“安特生和德莱塞观察着人类的受苦。”狄那摩夫说：“是的，他们确是在观察着，但是他们没有告诉人们应当怎样做，人类的生活怎样才是值得的。安特生和德莱塞只是这样两个个人主义的现实主义者而已。”①

在德来塞和安特生以外，近代美国已有成就的三大中代作家中，得诺贝尔奖金的辛克莱·刘易士，也是一个重要的现实主义者。他是个近代美国生活最忠实的纪录人。在《大街》（Main Street）里，在《白璧德》（Babbitt）里，他描写小城市和大都会，各种的商业，医生，教堂以及社会事业。假如我们要看美国人民如何生活的实际情形，刘易士是最能使我们满意的。凯奈科特（C. Kennecott）所见的社会，可以在数千百个美国的社

① International Literature Oct. 1933 P. 88

会里见到。刘易士详细纪录的白璧德的生活更是数千百万美国小商人的模型。

像德莱塞和安特生一样，刘易士小说中的人物也是彷徨着的中等人，凯奈科特在无路可通的时候，想到文化里去找他在实生活上所找不到的希望，有时更把性的实验来作为解决难题的方法；白璧德用新的理论到新的园地里去找寻光明，但是同样都失望而回。前年出版的新作安·维克斯（Ann Vickers），那位抱负非凡的女事业家，还不过是做了良母贤妻来结束她的企望。这一群没有希望而徘徊岐路上的人物，刘易士在《国家周刊》上，和在《我和劳尔麦》（Mr. Loremer And Me）那篇短文里面说过，“事实上，白璧德，凯奈科特和里克波，比世界上任何人都更为我所欢喜。他们都是好人，他们的笑是真正的笑。”① 这一段话很可以证明作者在讽刺，攻击，和讥笑这一群可怜的中等人以外，是和安特生，德莱塞同样对于他自己的阶级付与十二分的同情和爱怜的。

这三个人都是现实主义的作家，和前面所讲的一批人正站在相对的地位，而刘易士作品中美国色彩的深厚，更不让于德莱塞和安特生的。他能够得到诺贝尔文学奖金，也就为了他是百分之百的阿美利加主义者。

刘易士个人是否值得拿这一笔诺贝尔奖金，那是另

① The Nation July 25, 1928

一个问题。但是在美国文学史的立场上看，正如刘易士在一九三〇年十二月在斯朵霍姆（Stokholm）领奖时开口的几句话所说：“对于他个人，这是一件小事情，但是这一笔奖金第一次降到他所热爱的祖国来，是值得纪念的。”①

原来美国从世界大战以后，因为坐收渔翁之利，所以从二十年代起，在国际政治上和经济上，都忽然擢升到领袖的地位。在国际舞台上，自威尔逊总统后，更以世界霸王自居，而纽约城的飞黄腾达，更取伦敦而代之，军事上的设备既不让于英国，出口贸易更逐渐的超越了她。这一种物质条件的完成，一方面使从西班牙战争以后，日夕酝酿中的美国的民族文学，得到了成熟的机会，摆脱了所有的殖民地意识，在形式和内容上，都创造了自己的风格，而另一方面，以前国际上轻视美国文学的态度，跟了政治上和经济上的目光而转移。一九三一年诺贝尔的奖金不送给高尔斯华绥，托曼司曼，纪特，高尔基，而赠给写美国小说家刘易士，在美国文学史上至少是一件值得夸耀的事。

新进的悲观主义者

但是美国在世界金融市场上的黄金时代，只是昙花

---

① Carl Van Doran; Sinclair Lewis P. 8

一现。过了二十五年代，情形逐渐的不同。美国的繁荣，既建筑在世界的市场上，当世界的整个情形陷入于被历史所决定的无可救药的病态中，于是美国不景气的程度，也跟了由浅入深。哈定，柯立芝时代的繁荣，既成为过去的事迹，于是穷苦，饥饿，失业，慢慢地侵入了美国的都市，摇动了美国的乡村，不到几年，就是有钱的人也见到好景不常，而感伤起那“短短的冬日的太阳”来了。

这一种不景气的现状，到一九二九年十月廿九日纽约交易所大风潮的爆发而陷入不可收拾的绝境，至今还在每天每天的尖锐下去。胡佛总统既不能如他所愿般的在屋角里找回繁荣，罗斯福上任四年，虽然取得了国会信任而实行独裁，失业罢工依然是不可揭止的在继续扩张。

不景气的现象的深刻化，使社会愈趋混乱，机器既夺去了一大半人的工作，大量生产所得，又不能为大众所共享，于是贫富的悬殊相隔愈远，占着美国社会中最大部分的小有资产者，便更感到生活的困难。而一九一四年至一九一九年的欧洲大战，在青年人的思想上，更发生了极大的变化。代表三十年代人讲话的年青作家，正如克勒支（Krutch）所说，“抛弃了他先人的各种道德上的美学上的价值而变做了悲观主义者了。”[①] 他们的悲

① Krutch：Modern Temper.

观主义比起德来塞，安特生一辈中代作家来更形深刻，因为新进作家（Younger Generation）不但看到自己的没落，并且预测到自己的消灭了。

青年作家海敏威（Ernest Hemingway）正是所谓“迷茫的一代”（The Lost Generation）的代表，在他的两部长篇和许多短篇里，有一个海敏威的英雄在排演着各种故事。这种故事，不但是采自海敏威自己的经验，也是他同时代许多青年人的生活的写照。他的人生观就是冲（drift），不相信一切的法律，习惯，他老是在人群里冲着，后来不知如何的就冲进军队。几年当兵的经验，使他对于已成的法律更形轻视，而感觉到保持个性倒是一件大难题。大战以后，他就想把生活简单化一点，他虽然没有办法约束他的感情，但是他可以减少这种感情在外表上的显露；他不能不思想，但是他不去顾虑那些由思想所得的结果。他虽然怀疑所有道德上的美学上的标准，不相信一切的哲学，但是对于好的生活，他有他的见解：他觉得他的最大的安慰是身体上的动作，钓鱼，打猎，看拳斗，以及斗牛，这些事情不但可以使他停止去思索，也可以使这一刻间的生命暂时的更形充实。这一种不含任何目的，没有思想，毫无顾虑的官能上的动作是他对于这混乱的世界感到无望以后一种幻想间的逃避。创造了一个人为的环境，把小说中的人物故意的闪避他所不愿顾虑到的那种实在存在的社会力量，而用束手无策的态度去应付世界，完全是一种悲观主义者的态度。

一九三一年孟森（Gorham Munson）有篇文章说："现在好像海敏威的时髦性已经开始萎谢，而在美国新进的小说家中有一颗新星在上升，他便是福尔克奈（William Faulkner）"[①] 他曾受到安特生，费兰克（Waldo Frank），和乔也斯的影响，但是他所独创的那种丰满而新鲜的散文，证明他是一个自已的文体家（stylist），比海敏威要高出许多，而在力量和氛围方面，也胜过费兹格拉尔德（Fitzgerald）。安特生和海敏威的文字，我们已经觉得它是够"美国的"，但是没有一个人像福尔克奈般值得称为一个文体家的。福尔克奈的散文，正像美国的文化一样是受了许多外来的影响而产生的另一种东西。他应用简单的字汇，写得独创而特殊，流畅而美丽。许多对话是黑人的，这些黑人的对话是每部书中最美丽的一部分，而在对话以外，更混杂许多黑人口里所说那种不合英国文法的话，有时更发明许多像德文般用许多字拼合而成的新字。在叙述故事的时候，更把对话，心理描写拼合在一起，这一种形式上冲破英国束缚的勇气，比海敏威和安特生的更值得纪念。所以希克在《福尔克奈的过去和未来》一文里说："在《我在等死》和《八

① American Bookman Oct. 1931 'Munson：Post-WarVonovel

月之光》(The Light in August)里，许多地方表现了描写近代生活的写实的天才。"① 而华尔特曼(Waldman)在《近代美国小说之趋势》里面，更说："他已经进展到一种将来在美国产生的小说的纯粹艺术的路上去了。"②

福尔克奈的小说不但在形式上是美国的产物，他的故事和思想，也是现实地美国的。在这不景气的年头，整个的美国社会，既趋向破灭，衰落，失败，混乱，福尔克奈的七部长篇小说中，便完全取用了近代社会中那些残暴和受苦的生活作为主要题材，而死更是一切故事的中心。在《兵士的薪金》(Soldier's Pay)，和《莎托列斯》(Sartoris)里，写死亡和私通；《我在等死》中写疯痴，衰败和死亡；《声音与愤怒》(Sound And Fury)中写自杀，痴呆，奸淫；《八月之光》中写疯狂以及谋杀。所有美国报纸上值得放在第一版上的许多可怕的黄色新闻，都能在福尔克奈的小说中找到，除了几个例外以外，福尔克奈的男男女女都是在这个疯狂世界上混乱和破坏中的变态的人物。

福尔克奈为什么专门讲些病态的和死亡的故事呢？福尔克奈自己家庭的衰败以及大战的幻灭，当然是最大

---

① American Bookman Oct. 1930
Graville Hick：The Past and Future of W. Faulkner.

② Fortinghtly Review Feb. 1934

的理由，但是看福尔克奈小说中许多在大战以后失落一切财富和社会地位的家庭——莎托列斯，康泼登(Compton)，海托浮（Hightower），以及在这不景气现象中被生活所刺激而走向谋杀，奸淫，堕落的各种人物，就知道今日的美国社会中真是随处可以找到这种悲剧的。福尔克奈那种痛恶愤嫉的人生观，悲剧继续着悲剧的连演，无法把这些凶汉恶徒谋一个总解决的苦闷，正代表了一九三〇年代在这疯狂的世界中挣扎着的现代人的悲哀。

新进的社会主义的现实主义者

当海敏威和福尔克奈合唱着哀歌，在悲吊着这一个快将隐灭的快乐日子的时候，美国年青作家的又一阵营中，产生了一颗明亮的晓星。这一位作家在美国小说史上，是把从马克·吐温以来发展着的现实主义，又深入了一层；而把美国的文学当做一种民族产物来看，他的出现更显示了成熟的到达的。在过去挣扎了一百五十年的殖民地文学以及未来的前程无量的美国文学间，他是一个承前启后的桥梁。他的名字，便是杜司·帕索斯(John Dos Passos)。

杜司·帕索斯虽然和别的青年作家同样的参加过大战，同样的身历过近数年来不景气的压迫，但是他却没有存过畏缩逃避的侥幸心，也并不悲观失望的在诅咒这时代。他是在烟雾迷漫的今日，看到了一线生机的。这一线的生机，是《四十二纬度》（42nd Parallel）和《一九一九》两部长篇伟著中的中心思想。在前一部书里，有一种力把所有的人物都赶到欧洲的大屠杀场上去，当一九一九休战以后，这种力并没有停止进行；在后一部书里，这股伟力使每个人在经过极度的疲乏和幻灭以后，又从新看到了新的希望；这股伟力就是被历史决定了的在蜕变，破裂，复合的社会的进化大潮。帕索司小说中间的男男女女，好像狄克（Dick），威廉（William），屈兰特（Trent），依凡令（Eveline）等，都像在大潮上浮游着的竹片木屑一般，个人的力量是谈不上的，所有的命运，都操在这一般大潮的手掌里；个人的苦乐生死，既不能摇动它的去向，悲观和颓废的人生态度，同样不能阻止它的行进。于是，二三十年来美国读者被德来塞，安特生，刘易士，海敏威，福尔克奈所连续射入的悲观失望的印象，到帕索斯出来：才见到了一线光芒。

帕索斯在处理这种题材时所用的方法，也是过去作家所望尘莫及的。他发明了在每章小说的前面写一段新闻片，隐示这故事发生前整个社会的动静，而在故事的中间，又夹叙当这个时代，社会上许多领导人物的生平短史，例如实业家毛根，殖民地掠取者凯斯（Keith），现代文明的祖先爱迪生，过激主义者约翰·里特（John

Reed）等；还有写他自己的生活经验和感想的“开末拉所见”（The Camera Eye）。这种把社会上的实际材料，作者本身的生活经验，和各层社会间的许多男男女女的历史，完全打成了一片，是马克·吐温，霍威耳斯一辈人所意想不到的。他替美国的现实主义又开辟了一条新路，不是缄默的写实主义，也不是个人主义的写实主义，而是社会主义的写实主义。在他的小说里，我们不看到个人，只看到整个的活的社会在依着历史的铁律向前行进着，书中几个比较清晰的人物，他们的任务，也只是在完成这历史的使命而已。这一种完全脱胎于活的社会的活的写作法，便把旧浪漫主义的最后渣滓全部沥清了。

于是一百五十多年来，为了思想上，言语上，经济上的落伍，停顿在英国的殖民地意识上的美国小说，从马克·吐温起开始挣扎，经过霍威耳斯，伦敦，辛克莱的努力，到二十世纪开始，由德来塞，安特生，刘易士而逐渐建立，如今到了福尔克奈，帕索斯，而成为一种纯粹的民族产物了。这里，美国的人民活动在美国的天地间，说着美国的话，表露着美国人的思想感情；在美国的散文中，包容着美国的韵调，讲述着美国实际社会中许多悲欢离合的故事。

近数年来，思想上的转变，更是显著的事实，不但中代作家中如德来塞，安特生……在不自满于自己过去的狭隘的个人主义而转向到更前进的阵容中去，在新进的青年作家里，更有许多写不胜写的名字，他们在向着民族主义的形式，社会主义的写实主义的内容上努力。所以今日的美国小说，虽然他的成就还不大，可是他不再是英国的一支，而是世界文坛上最活跃最前进的一国了。

一九三四，八，二四。

特莱塞

讲现代的美国文学，就得从特莱塞（Theodore Dreiser）说起，这不但因为从马克·吐温开始向英国传统争脱的努力，到他出世后才见到些可宝贵的成绩，也因为从他的出现，美国现实主义的大潮，从九十年代的暴露运动发迹，才更有力的开展下去了，现在，这一位年纪已上六十多岁的老作家，还在领导着许多美国青年，向更光明的路上前进着呢！

美国民族文学一开始就在摆脱理想文学而向现实主义的大道挺进，但是马克·吐温，霍威耳斯，诺立斯，杰克·伦敦一群人只替特莱塞开辟荒芜，帮助完成特莱塞的事业而已。马克·吐温的幽默的"美国故事"，霍威耳斯的缄默的现实主义，杰克·伦敦一群人的暴露作品，使美国的民族文学奠定了基础；而十九世纪末叶，弥漫在欧洲大陆上的自然主义和写实主义的潮流，频频碰击上大西洋的岸头，福洛拜尔，巴尔萨克，左拉，易卜生，托尔斯泰的作品更被大量的介绍到美国来，这二重内在的和外来的原因，才把美国现实主义文学，由特莱塞的出现而揭开它光荣的一页了。

特莱塞出世的时光（一八七一），正是南北战争刚结束，整个美国的社会制度，从手工业和农业社会高速度的发展到大工业社会去的一个突变时期。因为经济组织的改革，生存在这个新时代中的人物，他们的生活，思想，道德，感情，跟了发生极大的变化，这变化的结果，便使许多人在和时代的斗争中败退下来。特莱塞就写从南北战争以后，当美国在资本主义化的过程中各种典型的男女怎样辗碎在大时代中的悲剧。

特莱塞所写的一个时期是人类历史跨入又一阶段的转形期。这一个时期的最大特色，便是因为科学的发达而各种生产都趋向大量化，托拉斯制度的建立，把贫富的阶级愈加分离，而金钱的效能也是空前的伟大。这种物质生活的诱惑，权势的威迫，使每个人都抱了一种“向上爬”的野心。因此，特莱塞小说中的人物的普遍的性格，便是个人“欲望”的强烈，这种欲望的目的物，不外两种东西：金钱或异性。

本来食色的要求是人类的本能，可是为了从代表过剩劳动的“金钱”的产生，人类最初的要求虽然只是一己衣食的需要，当人类文明一发长，这种要求就从必需的发展成为奢侈的；到资本主义时期，“金钱”的魔力更大，它不但可以使人获得奢侈的享用并且可以把它来调换权力了。同样性的要求，也从生理的变做社会的，从必需的变做奢侈的，有时更成为获得金钱和权力的条件。这二种欲望的发长，跟经济组织成为因果关系而相互的发生作用，个人主义愈发达，私有财产制度愈强化，德谟克拉西的精神愈扩张，个人的欲望也跟了提高。每个人要得到最大的财产，最高的权力，最奢侈的享受。于是为了达到这个目的起见，人类一切隐伏着的兽性都暴露了出来，他们欺诈，犯奸，杀人，拐骗，无恶不作的去满足他们的欲望。特莱塞的许多可歌可泣的小说，就跟了这种人物性格的发展而写成了。

特莱塞写过十部小说：《自由和其他》（Free and Other Stories）以及《锁练》（Chains）是短篇集；《十二个人》（Twelve Men）和《诸女群象》（The Gallery of Women），前一本完全是十二个男人的素描，后一本写几个不同的女人的生活。此外的六部长篇，简直都可以称为写个人欲望作祟的悲剧。故事虽集中在某几个人物的身上，可是他们活动的背景，正是一八六四年以后急速趋向资本主义化的美国社会。

一

特莱塞的第一部小说《卡莉妹妹》（Sister Carrie）发表于一九〇〇年。当时的美国社会正以为工业革命以后，每个美国人都可以过舒适满意的生活，每个人都是诚实，忠恳，乐观而热爱德谟克拉西精神的；美国的女人更都是贤妻良母，纵使有些职业的娼妓，也因为美国的报章杂志都在宣称美国是世界上最有道德的国家而会逐渐消灭的。因此当有几个大胆的作家，凭了他们的慧眼，看出美国社会并不如一般人所意想般的完满，写下了一些描绘美国中下层社会的丑相的小说时，就遇到上等人士的攻击；他们愤愤的说："美国的生活不是这样子的。"这些书有的便遭人冷落，有的就被当时的官厅所禁止，一八九三年富勒（H. B. Fuller）写的 Cliff dweller 就是一个例子，而特莱塞的处女作《卡莉妹妹》也因为上述的理由而遭遇到同样的命运。

《卡莉妹妹》送到道勃尔台潘其书局（Doublday and Page Co）去出版的年光，提倡现实主义最努力的大小说家诺立斯（Frank Norris）正在那里当看稿的编辑，他就十分高兴的把这本书付印了。但是书没有出版，被书店的主妇知道了这本书的内容，为了它有妨美国的道德，侮辱美国的女性，便无端的被禁止发行。

这一部中途夭折的处女作，写的就是一个乡下姑娘的堕落史。这一位年纪只有十八岁的卡莉妹妹一到了芝加哥，她的欲望就上升了：她开始觉得她寄居的姊姊家里的设备是那样的简陋，她自己的衣服是那样的破烂，她在领带厂中的收入是那样的稀少，她是可怜得连看戏都没有机会，于是她和一个旅行售货商人同居了。但是她的欲望满足了不久，又对他厌恶起来，因为她觉得嫁给一个酒店经理比一个普通的售货员好得多。于是虽然明知赫斯特乌特（酒店经理）早已是一个结了婚的人，终于敌不过她欲望的诱惑而和他一起出奔。不幸她的命运不济，她的享福的目的并没有达到，这位经理处处失败以后，卡莉妹妹便做了一个自杀者的寡妇了。一个天真的少女，就为了物质的诱惑，而成为时代中的失败者。这样一件平凡的故事，认为有妨风化是怎样也想不通的。但是当时美国上层社会人士的梦想，只怕人家暴露他们弱点的心理也就可想而知。而特莱塞的向现实社会垦掘材料，暴露人生真相的精神，已从这本《卡莉妹妹》开了端。

特莱塞对于写作的兴趣，为了社会的冷酷，也就停笔了十年，到一九一一年才继续写成了《珍妮姑娘》(Gennie Gerhardt)[①]。珍妮姑娘和卡莉妹妹是一样不幸的女子，她也做着粉红色的幻梦。当她在旅馆中当洗衣妇而结识一位参议员白兰德时，她心中就存着一个希望；等他们俩发生了关系而白兰德允许娶她时，这个以偷煤为生的穷女子就好像已经做了一个既富又贵的议员太太了。然而不幸白兰德一去不复来，不久以后，珍妮姑娘

① 该书中译本中华书局出版傅东华先生译

在报上读到他病死消息时，她又发觉自己已有了身孕，这一个打击，使她“往上爬”的欲望冷静了许久。到后来又碰见了一位甘先生，他是一个富家的子弟，他们安静的同居了下来，珍妮姑娘自料此后可以享福一世了，可是为了贫富阶级的不同，甘先生的家庭极力反对，而甘先生的父亲逝世时声明过假如他儿子不和珍妮分离，他就得不到那份遗产，珍妮经过了几次的考虑，终于把她的情人牺牲了。她自己还是独个儿回到坚苦孤独的生活里去挨余剩的日子。

《珍妮姑娘》的意义还是和《卡莉妹妹》相似的，特莱塞并没有为了《卡莉妹妹》的被禁而改变他写作的态度。这二个女子是一样的不幸，一样的想脱离她所生长的贫穷的阶级而混入到上层社会去过奢侈生活，争夺地位和名誉，只是卡莉妹妹的性格是比较的倔强而自主，珍妮姑娘就柔弱而妥协得多了。

《珍妮姑娘》和《卡莉妹妹》书中所写的故事，有许多便是作者自己的姊妹们的经历，特莱塞的出身是那样的贫苦，他的父亲是一个刻苦的农民，一共有十三个兄妹，他是最末的第二个。他的父母是由德国移来的天主教徒，他们的收入，既不能养活这一群儿女，于是这繁殖家庭中的男女，等到他们的母亲一死，便各自投入这大时代的漩涡中去了。那时正当国家社会发生大变化的时期，不但特莱塞一家不幸的兄弟姊妹，都要在没有长成以前就得和实际人生去肉搏，许多住在美国万千乡村间的贫苦家庭，也得走上同一的路。

这些离家别井到大都市中去找寻生活的人，有少数人是成功的，多数人是失败的。这些失败的人中，特莱塞挑选了两个女的，写成了上面讲过的两部书。他在《珍妮姑娘》出版后一年（一九一二），又写了一部成功人的传记。这个成功人的名字叫做考泼乌（Copperwood），他的出身和珍妮，卡莉，特莱塞差不多，但是他是那样的残暴和贪婪，数年来在金钱上用功夫的结果，到三十四岁的时光，他即刻要成为美国第一个富人了。可惜为了亏空公库被人揭发，便在牢狱关了四年。这四年的牢狱生活，却没有改变他的本性，到出狱后，他又搬到芝加哥去经营事业了。

这本小说叫做《理财家》（The Financier）。接着写考泼乌到芝加哥以后事情的第二部小说是《力神》（The Titan）。考泼乌从商务场中发展到政界去了，他贿赂政客，威逼同业，操纵选举，收买铁路，虽然结果为了选举不利而故事结束的时光，考泼乌已大大的失势，但是谁能预料这一位目前失败的人物不能在以后几年里握到政治上的最高权力呢。

这二本小说，连带将来要写的一部，特莱塞把它们合并称做“欲望的三部曲”（The Trilogy of Desire），因为考泼乌的一生，就永远燃烧着旺盛的欲望，他需要金钱，地位，名誉，权力，女人的。他虽然和珍妮姑娘卡莉妹妹一样的出身，但是珍妮和卡莉都没有成功而考泼乌却爬到上层社会去了。

从《理财家》和《力神》里，特莱塞把美国上层阶级的丑相，也揭露了给我们看。考泼乌是美国的政治家，理财家，慈善家，富翁，法官的综合的类型。考泼乌的动用公款虽然不幸而被发觉，但是许多幸而没有被发觉的人，正在用各种制度维持着他们的权利。考泼乌的选举虽然没有胜利，但是许多幸而握到政权的人，他们却在用各种方法来保障他们的政权。现在统治美国的大富翁，政客，就是像考泼乌一样的人；当有一个是像他们自己一样被欲望所驱使而向上攀登的人不幸失足时，判他进牢狱关上四年的就是考泼乌一类的人；为了要达到和他们一样的理想而被迫杀人，结果判他处死刑而坐上电椅的，也就是考泼乌这些人。

《一幕美国的悲剧》（An American Tragedy），就是这样产生的。一个和特莱塞的童年有些相似的克拉特，他的父母是常在街头说教的虔诚的天主教徒。克拉特每次跟了他们站在街边时，他就看到人家的衣服比他穿得整齐，人家的生活过得比他舒服，于是在一个机会中，他得到了每月收入颇佳的大旅馆仆欧的位置了。这种象征奢侈的都市生活的大旅馆，对于一个穷困青年的诱惑，就比对于珍妮姑娘的差不多，他要享受那种奢侈的生活，交际年轻貌美的少女，也做一个社会上有钱有势的伟人。这一种欲望到他遇到了开领头厂的叔叔，而在这他那领头厂中当了一名管理一部分女工的主任时，便更旺盛起来。他叔叔的财富，地位，生活使他日夜的希望着有一天他也可以像他一样的享受。那时他对于金钱的欲望既无法满足，性的饥渴就驱使他和一个叫做罗勃脱的女工发生了关系，到罗勃脱发见有了身孕时，克拉特却已爱上了另一个富家女桑特拉了。桑特拉是社会上有财产有美貌的女子，并且和他的叔叔家里人常有来往，因此克拉特便在打算假如他能够娶了她，他就可以如愿的爬上上层社会去，也许有一天，会承继他叔叔的财产而做厂长的。当罗勃脱逼他举行婚礼时，他为了不愿牺牲他的前程，便把罗勃脱溺死湖底，以便和桑特拉去结合。可惜考泼乌一人所批制定的法律，雇用的法官，侦探，律师是那样的无情，抱着极大野心的克拉特终于葬生在电椅上了！

这是特莱塞所写又一个欲望作祟的青年人所遭遇的悲剧。因为描写人物的深刻，场面的伟大，故事的紧张，是特莱塞所写的小说中公认为最足代表的杰作。我们也可以把他看做最忠实的美国社会史读：因为克拉特的梦想其实是每个美国人的梦想，而诱惑克拉特处罚克拉特的社会就是美国人所生活着的社会。

从这几部特莱塞的作品里，我们已见到特莱塞小说中的人物，真如在《一幕美国的悲剧》里所说：

> 事实或真理证明在他的心里，有着极强的冲动和欲望，那是极难克服的。[①]

每一个特莱塞小说中的人物，简直都是这样为了难以克服的冲动和欲望而遭遇到失败了。但是他们的冲动和欲望是从那里来的呢？他们为了欲望的难以克服而遭遇到的悲剧，有没有办法可以防止呢？我们现在先来看特莱塞的解说。

二

在被称为“欲望三部曲”的第一部《理财家》中，有一段写考泼乌幼年时代所见到的一件小事情，它是被特莱塞用来象征人生究竟的。

那在考泼乌跑到一个渔翁家去，看见一只缸里养了一只大虾和一条乌贼鱼，开始是大家平安的生活着，但是后来大虾就向乌贼鱼进攻，乌贼鱼便放出黑水来保护自己，隔了不久的一天，考泼乌却发见虽然那只大虾还在缸里，可是乌贼鱼已四分五裂的被大虾啮死了。

---

① An American Tragedy Vol. Ⅱ P. 379.

> 这对于他（考泼乌），是个极深的印象，因为这就大体的回答了过去缭绕于他脑中的一个疑问：生命是怎样组织起来的，原来每样东西都是依赖着别一样东西而生存的……

从大虾吃乌贼鱼的经验，考泼乌就把人类用一切残酷的手段去达到他个人的目的，牺牲别人的生命或幸福去完成他一己的事业看做是最天然的道理，而达尔文的生存竞争律也就被特莱塞用做解释一切人间悲剧的中心理论了。这一种自然主义的人生观不但在一九一二年的《理财家》里这样的表示过，在他的思想自白《我的信仰》（What I Believe）里，特莱塞更明白的说过：

> ……我发觉生活不但是随处在变换逃避的一种幻象，并且完全是那暂时的，时常在变动着，消灭着，尤其是卑鄙的目的的扩大。这种目的永远是我所观察的东西；他的最大的作用，就在是在维持许许多多的自私自利而残酷的动物，他唯一的最特殊的工作就在牺牲别人而求自己的生存。①

这种生存竞争的原理，是特莱塞思想的出发点。他

① The Forum 1931 P. 280.

带上了这样一付眼镜去观察天地万物，不但动物受了这种规律的束缚，人类也就和动物没有分别。他在他的诗集 Moods 中有一首写一只老虎对斑马述说他为什么要吃它的理由，现在摘译一段在这里：

我一定要吃你。
为什么道理？
我慢慢的告诉你。
我的肚里有一种饥饿，
一种欲望，
那种草——
以及田野里的米谷树根——
都不够我的饱。
我自己并没有把我的饥饿，
当做一种必需的东西；
这是天生了这样的——
有一种东西
在我意志以外使我这样的。①

这只是全诗的一半。我们从这里就可以把老虎对斑马讲的一段话应用到作为克拉持对罗勃脱，考泼乌对他

① Tigress And Zebra 在诗集 Mood 中

的敌人，赫思脱乌特对卡利说的。克拉特何尝想把罗勃脱谋害呢？考泼乌自己也不愿意欺骗他的朋友，赫思脱乌特更没有意思要卷逃了巨款把卡利骗到加拿大去，他们和林中的老虎一样被一种饥饿所驱使，或是说被一种欲望所驱使，这种欲望在特莱塞看来是超出于人类意志以外而是前生注定了的。

特莱塞把注定人类命运的大权归之于生活化学的组合。因为十九世纪化学和生物学的进步，已证明人体的组织和别的动物一样只是某几种化合物的偶然的混和而已，同样的几种化合物，为了数量分配的不同，可以成为猴子，可以成为斑马，也可以变做个人。所以在另一首诗里，特莱塞说：

我是什么？
只是一种数学的形式，
或者我说
是一种电化的化学程式
或是说一种力量，
他的身体由灰尘，
水，
一点空气组合而成，
算准了要在一个限定的时间内发生作用的。
生命，时间，

虽然我们把自己看做一个很真实的东西，
都不过是一种理想，
一个观念而已。[1]

把人类的命运归之于自由意志以外的某一执权者，那是人类最初的信仰，这种命定观，到达尔文出现，便从宗教的神话的变为科学的了。十九世纪每一个自然主义的作家都是科学的命定论者，受巴尔萨克左拉影响最深的特莱塞，当然要走上命定论的路。这一种理论在他的早期的论文集《鼓声集》（Hey Rub-A-Dub-Dub）中随处都可以发现，到最近所发表的《命运》（Kismet）中，也并没有把他的见解变换过。他说：

所以一切的是非都不是我们自己所能决定的。取决一切的是永远左右我们决心的那东西。我们只是那件凭他自己的趣味而选择生死的东西的一部份而已。我们只是一个反应的决心的表现，我们自己决不是一种能作主张的力量或是物质，我们只能代表它的主张和他的物质而已。[2]

---

① The Martyr 在诗集 Mood 中

② Esquire Jan 1935 P176

这里所谓决定自己生死的东西，当然就是人体中的化合物，这些化合物的自然的组合就造成了人类，而人类的一切命运，就操在这些化合物的组织之中。因此人类的善恶，完全受天赋的支配，虽然有时个人的意志，像是把本能克服了，事实上还是本能才能克服个人的意志；为了满足自己的欲望而牺牲别人终身的幸福，为了要踏上上层社会而不惜毁灭另一个人的生命，最终的作祟者，特莱塞以为还是本能。

自由意志和本能之间，人性和兽性之间，永远的在人身上斗争着，因为人类不是低级的动物，所以他不全是兽性的，又为了人类并没有超越了动物的范围，所以他也不全是人性的。人性和兽性间的挣扎，就在人类史上演成了许多可歌可泣的悲剧，而这些悲剧的终结，在特莱塞看来是兽性得胜的多。

三

特莱塞这种自然科学的机械论的观点，完全受了十九世纪后半法国自然主义者的影响。这些自然主义者，根据麦克唐尔的说法，是“一切题材，不外是看作人间的机械观上的科学的材料，而用科学的方法来评价，分析；”换句话说，就是立脚在自然科学的机械观上，观察，解剖，分析，并且评价人生。在主张这一种艺术观中最著名的是左拉和巴尔萨克。左拉二十卷《罗贡麦加来丛书》，巴尔萨克的《人间喜剧》都是自然主义的文学范本。

特莱塞认识巴尔萨克的经过是在他的自传第二部《我的自述》（A Book About Myself）中说起过。那时他在《辟兹堡报》（Pittsburg Despatch）当访员，闲空时就到克尼基（Alleghany Carnegie）图书馆去阅读书报。有一天他读了一本巴尔萨克的著作，他叙述当时的经验说：

> 好像一扇对于生命的新门忽然打开在我的面前。这个人是看到想到而感觉到的。这个人有一种伟大而敏感的力量去把握那哲学的，容忍的，有趣的人生，……对于我是一种文学上的革命。这不但为了巴尔萨克是用了精细而尖锐的方法去抓住人生，然后再找了题材去表现它，倒是为了他用最高的热诚和技巧所处置的典型——在社会的政治的艺术的商业的各方面，那些各处钻营而野心勃勃的生命的探险者的青年，我看他们正给我一个样子。……而且我对于自己所生长着的社会，也获得一种新鲜的更有趣味的见解了。①

从这一次的启发，他就想用巴尔萨克描写分析巴黎

① Burton Rascoe：Theodor Dreiser P. 39

社会的方法来应用到他所生活着的圣鲁易史，毕兹堡，芝加哥来。于是他开始对于记者生涯发生了厌恶，就在毕兹堡地方，决下心来写小说；一边就去找寻一个美国工业主义的首领来作他小说中的模特儿。芝加哥和费利达尔费亚的铁路大王犹克司（Charles Yerks）便成为他后来写的《欲望三部曲》中考泼乌的模型。特莱塞自从一九〇〇年写成了《卡莉妹妹》被书店主妇反对出版而遭失败后，一直到十一年后才出版《珍妮姑娘》，到第二年又出版《欲望三部曲》的第一部《理财家》；其实《理财家》的原稿，特莱塞是早于《珍妮姑娘》动笔的；他受到巴尔萨克的启发，考泼乌就应运而生了。

巴尔萨克是一个自然主义者，在他的眼里，“人类一点也不是生来就是独立的，超越的，神圣的，只以一己的能力就可以达到真理和道德的；而是一种简单的力量，同别的造物一样，因所受的环境而定其程度与方向。”因此他所写的那部“人类自然史”，每个人物，都从他的出生，家庭环境说起。这和左拉的态度相似，左拉说“我创作小说的时候，第一的着力点是表示作品中主人公的性格，为着要写出这种性格，我要仔细的考察主人公的气质，家庭，感情，环境，及主人公相近的人物的性质，习惯，职业，境遇等等。”这一种重视遗传环境的学说，对于特莱塞的影响极深，所以他的小说，故事虽简单，但是把主人公的四周前后写得那样的周密精细，一个性急的读者，就会发生故事进行太缓的感觉。这个情形在《一幕美国的悲剧》里表现得最显著。

这本书中一开头就讲主人公克拉特的，他父亲是怎样的不出息，一家人的生活是怎样的坚苦，他姊姊怎样的私奔，又怎样的躲在一条后街上生私孩子。克拉特到大旅馆中当了仆欧以后，又用最精细的笔墨，写大旅馆中贵人们的奢侈的生活，同伴们的私行享乐，把两个不同的环境，在克拉特开始做人以前，先解剖在读者面前。到克拉特碰到罗勃脱以后，又从罗勃脱的父母兄弟写起，而桑特拉的生活环境，也交代得井井有条。这是每个自然主义者处理人物时所常取的态度，特莱塞既站在科学的立场，他的创作方法，当然也不能脱出自然主义者的范围了。因此许多批评特莱塞的文字是累垂的，浪费的，笨重的，其实这种评语，同时也可以应用到大多数自然主义者的作品上去。

以描写人物言，特莱塞所写的许多故事中，失败的人写得比较成功的人更成功。《卡莉妹妹》中赫思脱乌特就比卡莉妹妹更真实，而克拉特也比考泼乌更引起读者的同情。可是统观特莱塞所写的人物，写他们的环境，生活的笔墨多，而对于因生活不同而反映的性格的发展，作者是并不十分用力的。有时作者只顾到人物四周的情形，而把描写主人公的责务都疏忽了。拿《一幕美国的悲剧》来做例吧，后半部三十多万字中，大半记载政党的暗斗，律师的争辩，公堂法官的审判，报章上新闻的记载，而关在牢狱中的克拉特反退在次要的地位去了。

特莱塞在描写人物上成功的，还是他在一九二八年写的短篇集《十二个人》，这本书也可以说是素描集。他写十二个他所知道的人，其中一个就是他的哥哥保罗，是公认为近代美国文学中写得最成功的一篇。

特莱塞小说中的人物和巴尔萨克小说中的一样都是些人类中最丑恶最残忍，而最自私的东西。一个曾为了爱他的情人而犯过窃盗罪的男子，到他年老多病，坐而待毙的时光，他的情人会不顾一切的丢弃了他自谋生活去；为了自己事业上的野心的不可揭止，一个受孕的情人，会被他谋害灭迹；为了想在政治上谋得胜利，愿意用最卑鄙的方法去收买群众；他们欺骗，窃盗，犯奸，谋杀，遗弃，贿赂，下毒，人类的兽性的表现，在特莱塞小说中每样都有最好的模型。

特莱塞小说中所以很少看到完善的人，就因为在特莱塞的目光中，人既是生物化学物，随处都受自然的支配；智慧，道德到欲望起来时，是无法可以消灭它的；正像老虎要吃斑马一样，不是自由意志可能阻止的事。因此生活在天经地义既是互相残杀以为生，人类的悲剧就永远没有停止的一天；为生物化学物所规定的个人，也就只有永远的在互相残杀，互相欺诈的悲剧里生活下去。

四

但是特莱塞所见到的悲剧是否真如他所说般无法解决的呢？

我们要回答这一个问题，先来看特莱塞小说中许多人物的性格，作为他们一切罪恶出发点的“欲望”，是否真如特莱塞所说般由于生物化学物的组合而起的呢？他们自私，残杀，奸诈的行为是否都是天生的，都是无法避免的呢？人类是否永远被兽性所制服而没有一天可以过合理的生活的呢？

特莱塞小说中的每个角色，当他们没有被特莱塞写进小说时，都是很可爱的人物：卡莉，珍妮都是天真的乡下姑娘，赫思脱乌特是一个知足享乐的酒店经理，克拉特是一个牧师家的儿子，考泼乌也不是天生的坏蛋，但是在小说中一出现，他们的欲望就来了，继着便产生许多悲惨的后事，一个个成为欲望的奴隶，生命场中的失败者。特莱塞就把一切的责任归在自然的“欲望”身上，为了欲望不是人力所能阻止的事，所以他们的悲剧也就无可避免。事实上我们都知道求饱食和求性的满足的欲望虽是与生俱来的，然而要过奢侈的生活，要多量的金钱，要统治的权力，要有钱有势的异性的欲望，是由于他所接触到的社会环境引诱起来的。克拉特不想做经理他就不必要娶桑特拉，考泼乌不想做美国第一大富翁，他就不必犯大罪。所以悲剧的产生的原因并不是内在的，而是外在的；不是生理的，而是社会的。上层社会的享乐，使乡下女子都做着粉红色的幻梦；金钱效能的伟大，把每个贫穷的人都诱上弄钱的路上去；而权势地位在现实社会中的重要，就有人不怕冒大不韪而设计的往上爬。少数人的享乐，大众们生活的艰苦，贫富阶级的悬殊，个人主义思想的浓厚，就演成不断的悲剧。在资本主义制度最发达的美国，这种悲剧的发生更开展到了它的顶点。所以在美国社会上每天所发生的奸淫案欺诈案谋杀案，以及那些日夜活动着的最残暴，自私，丑恶的人，他们只是资本主义下的合理的产物，生理学是不能完全解释这种社会现象的。

特莱塞是一个很好的现实主义者，因为他把美国社会中所发生的许多现象，再详尽精细也没有的都纪录了下来。这当然得归功于他早年的新闻记者生活。他当他母亲逝世后的一八九二年六月起，就插身新闻界。最初在《芝加哥日报》，以后又当《圣罗易报》的记者，他用照事直书的方法把一件故事忠实的记了下来，他写小说也是这样的忠于事实（《一幕美国悲剧》的后半部，只有一个新闻记者能够写得那样的详尽）。可惜他只尽了一个摄影家的责任，他只看到了社会上所发生的各种现象，一个女人为了完成他情人的事业而自己牺牲，一个监督和女工发生关系后把他遗弃，这些都是新闻记者所希望采取的最好的资料；可是在这许多悲剧的后面，还有一幕更大的悲剧在，那幕悲剧不是人类永远受生物化学的支配，而是人与人间因为社会组织的不同而产生的矛盾。所谓为情人前途而牺牲，本质上是贫富阶级的悬殊，使他们不能结合；监督和女工的分离，也是社会关系逼使他这样做的。特莱塞一直没有指出那一切问题的本质所在。在《一幕美国的悲剧》里，他只是用力的去写当时的社会怎样用尽方法去证明克拉特犯罪的经过，而没有指示出社会为什么这样做的原因。我们觉得克特拉这样一个人是死得可惜的，他的“往上爬”的欲望决不是生而带来的，他也没有真意要去谋害罗勃脱，所以两个人到了湖中，他好久不敢下手，罗勃脱跌入湖底后，克拉特还在替自己解释是罗勃脱自己失足的，可是他终于为了不幸被巡警发觉而被判死刑。特莱塞只告诉我们克拉特是犯了杀人罪而死，其实谋害罗勃脱的罪，决不是克拉特一个人所负的。

五

直到一九三一年，特莱塞才逐渐的脱出自然主义的桎梏而跨入社会主义的大路上去了。几十年来在暗中摸索，一旦看到了一道白光，他的许多疑虑都获得了一个最明确的答覆。就在这一年他写了一本划时代的书，叫做《悲剧的美国》（Tragic America），这本书虽然不是小说而是一部社会论文，可是把特莱塞最近对于美国社会的新见解系统的表露了出来。他过去许多作品中所提出的问题，也可以由此而得到一种新的批判。我们可以说从这本书里，他才第一次发现一切人间悲剧的本质。

这是一部很严肃的论文集，他的最大的意义，就是把资本主义的美国社会，用了最客观而坦白的方法，把他的全面目暴露了出来。原来整个的美国，就是几个银行家的家产，而洛克菲勒更是美国的皇帝。这些银行家利用了政府去获得私人的利益，而又为了私人的优厚就间接操纵了政府。最高法院是他们手下的机关，巡察兵士是他们的保镖，宪法是一片废纸，选举是一种儿戏，教堂是银行家的抓财产和欺骗民众的机关，学校便替他们造就使唤的奴材。特莱塞看出了美国的悲剧是在于他的社会组织，万千人的幸福牺牲了，为的是几个银行家的私人利益；他便大声疾呼的提出了他的政治主张，他说：

> 为了要恢复平衡，我个人主张美国经济制度的改组。我的所谓平衡，就是在一切人民之间消费的平等，并且不是说等二十年五十年以后，而是即刻要这样做的。为了要达到这种境地，一个由人民管理保障的健全的中央政府是少不了的。此外，我觉得人民应当自己常常知道——事实上绝对的要办

> 到——这个中央政府是为了大众而工作，决不是为了某一个任何形色的私人利益的；一切的事情和交易，更应当公开于大众。[1]

从这本书的出现，我们就看到这位六十多岁的美国的老作家，已扬弃了他过去的偏见而看到了在美国发生的许多悲剧后面的真正的原因了。他搜集了许多正确材料，用了最不欺人的数目字，使这本新著不但成为他自己思想的系统的暴露，而且是一部现代美国资本主义社会的横剖面的报告书。可惜这部书不是一部文艺作品，所以我们不能多化时间去讨论他，但是假如我们把卡莉妹妹，珍妮姑娘，克拉特和考泼乌这些人放在这本《悲剧的美国》所暴露的背景里，我们就会得到一种新的估价，所谓个人欲望的出祟也可以得到一种新的解释了。自然主义者所脱逃不了的那种悲观的命定的见解，更在这本书里完全摆脱掉，特莱塞说：

> 美国的情形像宇宙中不断的在蜕变，破裂，复合的力量一样，现在在变化，将来也要永远的变化下去，这就是人生。因为是人生，所以我们对之不

---

① Tragic America P. 411.

必有什么恐惧……①

从自然主义转入社会主义，从生理的理解变做社会的理解，从悲观主义转入乐观主义，这也是和宇宙中不断的在蜕变，破裂，复合的原理一样，特莱塞是转入了另一个更高的阶段去了。从这本书出版后，特莱塞还没有写过小说。但是那部在二十年前开始写的《欲望的三部曲》的最后一部，已在这样的思想的变换下动手完成。书名《无情者》（The Stoic），还是写考泼乌的发展。我们已知道考泼乌在《理财家》和《力神》二书中是用了怎样的面目和我们相见的；时间到了一九三六年，考泼乌的个性一定有了更深的发展，他也许又爬上了资本主义社会中做了一个托辣斯，政治家，或是洛克菲勒了，但是考泼乌的社会，现在已到了破裂的时期，我们等着看特莱塞用了怎样的手法把这位考泼乌请出来，我们等着看《欲望的三部曲》发展到了怎样的一个结局。

一九三六，一，二十。

① Tragic America P. 425.

休伍·安特生

十多年以前，休伍·安特生（Sherwood Anderson）是美国文坛上的一个红人，后来年青作家的声誉掩过了他，便逐渐被读者们所遗忘了。到一九三二年和特莱塞一群人明白表示了他们和年青作家共同前进的态度后，这个名字又慢慢的被人提了起来。不但许多政治性的宣言上时常见到他，就是《国际文学》上，除了和帕索斯特莱塞一样的时常被提到以外，狄那莫夫在一篇讨论安特生的专文中，他更说“休伍·安特生是新兴美国文学发展中的一颗光明的新星。”自从他那部被人注目的新著《欲望之外》（Beyond Desire）在一九三二年九月出版以后，更证明安特生的思想已明显的转向到更高的阶段去了。他和特莱赛两人都是与时俱进的老作家。

一

安特生出世于一八七六年。这个时光，美国政府为了在南北战争期中维持战场上的军队，供给大量的军需品，所以铁路的建筑，矿产的开采，工厂的成立，新机器及节省劳力法的发明，都以惊人的速度在继续进步。第一条横断大陆的铁路，完成于一八六九年。苏必利尔湖附近在一八七〇年发现了铁矿。拜尔发明了电话，爱迭生发明了电灯。从一八四〇年代已在开始抬头的工业革命，到这一个时期，更把停留于手工业和农业时期的西南部，也换了一副面目。数千发明家朝夕的在思虑如何征服自然的新方法，百万的资本家就利用了这些方法创办大规模的工厂，把躲在农村家庭里的男女，全都诱到都市中来。到安特生长大成人的时候，在美国已像不容许有中产阶级的存在；他们如非升做万万的富翁，否则就成为穷苦的贫民。

安特生是屋海奥洲开姆泼敦（Campton）一家穷人家的孩子。他的父亲一共有五个儿子和两个女儿，休伍·安特生便是第三个。这一个繁殖的家庭，永远过着漂泊流浪的生活。到安特生十四岁时母亲一死，一家人就各自分散，安特生也到中西部一带去做工。美西战争发生，他在不知不觉中去当了兵，凯旋回来的时光，他居然被当做民族英雄般看待了。于是就在屋海奥洲结了婚，住了下来。不到几年，他已是一家小规模的制漆厂的经理。

安特生在工业化过程中的美国社会里，能够从一个穷小子变做了雇用千余工人的小资本家，正和美国其他的资本家的出身一样的不足惊奇。可是一切就只到这里为止，当他正是四十岁的那一年，安特生就和其他的资本家分了手，他在一天下午出人意外的摆脱了金钱和事业而献身于文学生活了。

他这一次肯勇敢的背弃了美国人留恋于金钱事业的传统思想而另找一条出路的故事，他所写的小说中已重覆的讲述了好多次：《黑人的笑》（Dark Laughter）中的勃罗斯·特台莱（Bruce Dudley），《多婚》（Many Marriage）中的韦勃斯脱（Webster），他们抛弃旧生活而重新做人，都是安特生自身经验的覆述。

那一天，他经过了无数重的考虑，当他正在向他的女书记读着一封写给他的顾客讨论生意经的信的时光，他忽然停了口，匆匆的走出了门。他自己便在心里这样的打算：

> ……这是很笨的事，但是我已决定不愿再干这些卖买了。对于别人也许很有益，对于我却是一种毒害……我现在走出了这扇门就不再回来的了。

这一次像演戏般的出走，当然要遭遇许多人的推测和误会。至今安特生碰见许多外国人，他们还以为他是为了工厂亏本而避走的，所以很感慨的说：“美国人真是太小气，亏了几个钱就要回头不干了。”其实，安特生的出走，正是智识份子在资本主义制度下感到无限苦闷而想去逃避的表现；而他反对工业化社会而主张回到工业化以前的清净世界里去，正是他个人主义意识的暴露。

二

前期的安特生是一个澈头澈尾的个人主义者。在摆脱事业时是这样，在开始创作时是这样，到最近几年来，才慢慢的把它克服了。他出走的最大理由，就是受不住工业社会中的标准化：因为这一种根据于机械性能的标准化，使个性完全失掉了他的地位，每个人都成为机械的奴隶，而掩灭了一切人的价值。所以安特生在大声疾呼的说：

> 那么在我们的时代里，为什么不把所有的屋子都造成一个样子，所有的男人和女人都穿一样的衣服，吃的东西也一样，所有城市的道路也一样呢？个性对于这样一个标准化的时代是有害的，所以应当即刻毫不留情的把它毁掉。让我们把更大的薪金给予我们的工人，但是即刻要把他们所有的个性的表现完全毁灭。①

① Story-teller's Story P. 196.

从这一段话里，我们可以看出他对于标准化的近代文化是如何的痛心疾首；而近代文化的祸根，在安特生看来，便是一群科学发明家，他们发明了替代人工的器具，不但夺去了个人的粮食，更把过去手工艺时代淳朴的风味完全失掉了。《穷苦的白人》（Poor White）的全篇故事，就明白抨击发明家的毒害人群的。

这本四百多页的长篇小说中，虽然包含了许多悲欢离合的故事，以及小城市中各种不同的人物，但是最主要的还是两个对立的角色。一个是垦植机发明人麦克凡（Hugh Mc Vey）他代表美国的工业文化；一个是老式的马具制造匠琼·韦恩斯浮司（Joe Wainsworth）。故事的大半虽然都讲麦克凡如何从一个穷小子发展到伟大富有的发明家的经过，以及他和一个新式女子结婚的故事，但是马具匠被麦克凡的发明所压迫而感到精神上和生活上的痛苦，正和麦克凡的名利双收成为这部小说中最主要的对比。琼·韦恩浮斯司是终身在用手工制造马具的，这些马具，在旧农场中，被用作垦殖的唯一利器，他对于新发明的有百倍效力的垦殖机就抱了一种不共戴天的仇恨。但是他的助手杰姆就不听他的命令而从克里佛地方运来了十八架垦殖机，预备在他的铺子里发售。这一天晚上，邻近的工厂正在闹罢工，他就觉得一切的问题都是从机械发明来的。人应当靠自己，最要紧的是他个人的特性；现在一切都走到错路上去，杰姆还要那样不听话而买了十八架机器来；于是他在杰姆不提防的时光，为了发泄自己的怒气，用手枪把杰姆杀死了。到后来他在一个机会中碰见了麦克凡，他抓住了他的头颈，恶狠狠的对他说："这不是我，这是你做的事情，是你把杰姆杀死的。"

这本书，正是安特生站在个人主义的立场上反对机械发明者的表示。麦克凡就是爱迭生，拜耳一群人的化身。他自己曾这样说过："啊你们；斯谛芬逊，弗兰克林，福尔敦，拜耳，爱迭生，你们这些工业时代的英雄，你们是我们时代里的人类中的神祇……其实你们的成功实在毫无意义……古老时代有许多更可爱的人，他们现在虽然有一半被人遗忘掉，但是当你们被人遗忘时，他们是会被人记住的。"所以拿手枪要打死这群发明家的，我们可以说就是安特生自己，因为安特生觉得现代工业社会的一切罪恶，完全由于这些发明家种下来的祸根。没有斯谛芬逊，爱迭生，美国的社会就永远的停留在小城市的手工业上，每个人靠了他个人的技能而获得生活，个人的特性，既不会失掉，世界也就会平静无事了。

他既反对美国的工业化，对于美国在工业未发达前那种悠闲淳朴的古老日子，便自然的发生一种仰慕悬念之情。当发明家没有发明机械的黄金时代，每个美国人都平安的生活着，他们靠了他的两手去获得适当的食粮，平静的小城市里，也听不见轧轧的机声，闻不到使人作恶的煤烟，整个美国充满了闲散的空气。这一种理想的世界，就成为安特生反对工业社会的根据，而当作他小说中每一个厌倦近代文化者的梦境。

在那种理想世界里，人的手是一切动力的来源。他相信“一切的文化都是从工人的手里产生的……在他们的手指间，就开始那种对于土地之爱，对于物质的爱。没有了这些，真正的文化是不能产生的。”因此安特生把手来象征工业化的前时代。这不但在许多著作中这样吐露过，在《温斯堡·屋海奥》（Winsburg Ohio）短篇小说集中，把手作为第一篇的篇名，也是颇堪玩味的。虽然这一篇小说，讲一个忠诚的教员被人所误会的故事，可是讲到手的用处，安特生就说：“在温斯堡，这一双手就为了他的能力而驰名着。用了这一双手，辟特尔彭可以在一天之内采到一百四十篓的杨梅，这是他的特长，也是他出名的由来。”① 我们可以借了这一段话来作为安特生看重手的例子，许多人就靠手出名，拿手来求生活的。但是靠手工作的时代已经过去，个人主义也已被集体主义所消灭，安特生虽然这样的悲伤着，梦想着，可是再也叫不回手工业时代来的了。

三

他那一次的离家出走，虽然绝对不是如一群外国人

---

① Winsburg Ohio P. 10.

所说般为了商业上的失败而逃避，但是他是为了逃避而出走，是连他自己也不能否认的。当他在这“混乱的世界”里发见自己的物质生活和理想生活发生了严重的矛盾时，他就觉得自己是一个“混乱的孩子”（Confused Child）而需要逃避到一个理想的世界中去找寻一条出路。可是为了他没有看清楚近代工业文化的症结所在，所以没有积极的向前去要求把工业社会的组织变换得较合理化，却消极的退避到古老日子里去要求根本取消这种机械的存在。这一条路是个人主义的路，所以费迪门（Clifton Fadimen）批评他说：“他找寻一个个人的问题的解决；要知道这个问题是牵涉到整个美国社会的。他小说中的角色（他的角色就是他自己的各部分）四处的在追寻真理，好像真理是一样具体的东西，但是安特生的所谓真理（因为所谓真理，他的意思就是说个人和他环境的协调）根本便是逃避的。因为安特生所追求的社会根本就没有的。现在已有许多人明白社会的变动是依据大众的需要而不是少数人的贪欲，这样，个人的‘真理’才会逐渐的出现。这一种‘真理’的出现，不像安特生所相信般的要经过个人的自我革新，而是要把整个社会革新，才能达到目的。”① 可见安特生的逃避心理，根本和历史的原则互相背驰。他可以反对今日工业化制

① Nation Vol. 175 No. 3514 P. 454-5

度的不良，可是不能根本的否定工业化；他可以攻击机械的误被利用，但是机械本身是并无可攻击的余地的。

不但他所写的故事，表显了他逃避现实的态度，他的抛弃商业而从事写作，就是把写作生活看做“避难所”看的。从他的《自传》里，就可以看到他很早就把写作看做自己一种的消遣。他在《一个说故事者的故事》（A Storyteller’s Story）的第二段的第一节里，就讲起从前有一个喜欢抽烟的人到哈伐那去过冬，自己发觉带了半箱子的烟，便不禁大笑起来，安特生的箱子里便时常装满了纸张铅笔之类的东西。他在经商的时期，已在开始写作，所以每当自己对于商业发生厌倦时，就把放在桌上的白纸，当做唯一的安慰。

写《安特生评传》的却治说：“安特生的从事写作是为了逃避生活。他有了这样的一座匿身之处，他就躲在里边把自己四周围了起来，差不多在他每一本所写的书里，把这一座匿身之所重加建筑。他为了逃避生活而写作，于是生活就从他的作品里逃掉了。正为了他这种软弱，感伤性，以及没有能力或是不愿去面对现实，就使安特生不能成为一个伟大的作家。他丢弃事业脱离家庭去从事写作，并不能证明什么别的；他所以这么做，只是为了逃避现实而已。”① 安特生的逃避心理，在却治

① Cleveland B. Chase：Sherwood Anderson P. 314.

的评论下，便再也逃避不了什么。他虽然时常表示他的从事创作，就为了要拯救世界，但是他的拯救世界的方法，根本就是一种逃避。

四

他最先的一部小说《麦克弗逊的儿子》（Mac Pherson's Son）根据他自己童年的经验，把主角写成一个可怜的穷孩子，后来进了城，就逐渐的发达，娶了一个有钱人家的女儿，便成为一时的财翁了。后来忽然觉悟到金钱的无用，便要去找寻一条人生的真理，而脱离家庭事业，不幸命运不济，而日渐堕落。最后他和另外一个女子回到家乡，看见他自己所生的孩子，便不禁唤起前情，重修旧好了。

这部《麦克弗逊的儿子》的著作，是一部比较幼稚的书。作者只发问题而不置答覆，每一章都像在围着圈子绕。读者所得的印象只是模糊而混乱，这一种混乱的现象，可以说是安特生每一部书的缺点。麦克弗逊是一个痛恨近代资本主义的青年，但是他像一个盲人寻路一样的在探问每一个人到真理去的道路，他的结果，是一条清楚的路也说不出来。

安特生继《麦克弗逊的儿子》而写的《前进的人们》（Marching Men）是他第一部接触到社会问题的书：故事集中在一个叫做麦克里高（Mc Gregor）的身上。这个人的童年故事和麦克弗逊的相同，也就是说和安特生自己的一样；从一个穷小子变做了财翁，以后又自己觉悟而抛去财产地位去找寻真理。这位麦克里高最痛恨的是资本家，对于这一种人，他觉得他们都是“禽兽”。这一种从个人主义立场出发的愤恨，随后就变做对于某一种性格的愤恨，好像“凶暴”，“愚笨”，“羸弱”，“无组织”。及后他从资本家所利用的巡捕军队的伟大力量上觉悟到对付资本家的唯一的办法就是把自己组织起来，他便叫所有的人每天肩并肩的走，他只是抱着乌托邦式的理想，对群众说：“你们要肩并肩的走，你们一定要走得你们自己知道你们集合成一个如何伟大的人物……当你们集队行走得变做一个大的团体时，就会发生一种奇迹了”。

安特生的著作很多，一共有十四部，写作的题材，大约可以分为三大类：第一类是以他自己脱离事业追求真理的故事为模型的；第二类是专门写美国小城市里小市民的灰色生活的；另一类便是解释实际社会问题的。《麦克弗逊的儿子》，《穷苦的白人》，《多婚》，《一个说故事人的故事》，都是属于第一类。

第二类大概是短篇小说，《温斯堡·屋海奥》便是他最出名的作品。写被压扁了的小市民的灰色生活。全书事罩着阴暗的气氛，简直一点阳光都没有。住在这里的人，既不知道什么，也不了解什么。整个的活动着的人，正如作者在序曲中所说般都是“怪僻”的。这些“怪僻”的人是那样的渺小，住在一个小世界中，就不知道什么是人类的权利和力量，他们是寂寞的出生，又寂寞的死去；像是移动在空屋中的幽灵般，也许看得到窗外有一线阳光，但是他们是没有胆量敢冲出去的。这些可怜的幽灵，遍布于当时的美国各地，安特生就用他所特长的素描法，把他们很生动的暴露在我们的面前。直到现在为止，这一本书，连带它成熟的技巧，简洁明朗的风格，对于书中人物的同情，以及现实主义者的风度，还是使他在美国文学史中占一席地位的重要作品。

第三类中《前进的人们》是第一部，最近所写的《欲望之外》，便是第二部了。

五

最近数年来，安特生在文艺的观点上，扬弃了他过去的偏狭的个人主义而看到了事实的真理了。他和帕索斯和其他许多人曾一起拥护过特莱塞的《悲剧的美国》(Tragic America)；一九三三年作家对于哈兰煤矿事件所写的《哈兰矿工自白》(Harlem Miner Speak)，也有安特生的名字。一九三二年五十三个智识份子所发的《文化和危机》(Culture and Crisis) 的宣言里，安特生更是个重要的人物。美国退伍军人集队赴白宫向胡佛总统请愿的时光，安特生领导了许多作家去谒见胡佛，因为胡佛拒绝接见，他便在一九三二年八月卅一日的《国家周刊》（Nation）上发表过一篇极受美国人民称赏的《总统听着》（Listen Mr. President）的短文。

这一部休息了好多年，思想上已经发生变化以后的作品，虽然接触到了普遍于美国各州的纱厂罢工问题，但是书中的主角莱特·奥利浮还不是一个健全的青年。他动摇于前进与后退的矛盾中，他憧憬于新的理想，但是个人主义有时又使他畏怯的不愿牺牲自己的幸福。莱特出身于在美国占最大多数的中产家庭，父亲是一个医生，家况称不上小康，所以常被体面的人所轻视。莱特进了莱同地方的纱厂里做工。在纱厂里，他对于工人的非人的生活逐渐的认识，同伴的女工想自己组织起来，莱特也很同情，但是他常被同伴们当做侦探而防止参加一切的活动。那时莱特常到图书馆去阅书，在那里碰到一个女管理员爱赛儿，爱赛儿是一个正在性之烦闷中的少女，年纪比莱特大了许多，他们俩在一天大雨澎湃的午后，就在读书台上双方获得了性的满足。事后莱特很后悔这件事，他知道爱赛儿并不真的爱他的。

有一次莱同地方的纱厂罢工了。劳资双方发生极大的冲突，莱特是同情于工人的，所以他也参加了斗争，但是当工人被捕的时光，莱特不但没有一起抓去，并且许多人都祝贺他，说他是帮了厂方所以受伤的；他觉得他并不是这样的人。于是看到报上说勃趣费地方也在闹工潮，他想到那里去看看，就出发到勃趣费去了。

这是一九三〇年十一月的一天，在到勃趣费的路上，他碰到一辆汽车，他就招呼车中的人让搭了一程路，车中的人就讲起勃趣费纱厂工人的可恶，说这种罢工是有政治作用的。莱特和他辨驳了几句，他就问他你也是他们一伙的吗？莱特随便的应了一声是的。这个人就害怕起来，他觉得和他同车的人正是一个党员，说不定即刻会谋害他的；于是待莱特下车以后，他吓得面无人色的即刻去报告勃趣费的当局说有一个党员派来指挥工潮了。因为前几天真有这种的事情发生过，军警就向四乡去搜捕。

在罢工阵营中有一个女工莫莱的，她的家庭很穷苦，她在勃趣费的纱厂里做接线头的工作，她在纱厂中的几年，把一切事情看得很清楚：她希望着有一个新世界的到来。当她知道有一个同志要来援助而有被捕的危险时，就在路上揽住了莱特。

“你不是他们要追捕的那个人吗？”她问。

“那个人？”

“法律，这里有法律，你不是他们要追捕的那个党员吗？”

莱特有些莫明其妙，他从来不是这样的人。但是他懂得这个意思，他也猜到是那个同车的人弄假成真的。莱特对于那个新的名字的见解正和许多的美国人一样。

> 对于莱特·奥利浮……他是像其他千万的美国青年一样。……他所懂得的那种主义，和他的哲学正使他有些害怕。他既害怕，又对它发生一种幻想。他会在任何时光屈服了参加的。他是懂得的。他从莱同的罢工到勃趣费的罢工正像一只飞蛾扑向火焰一般。他要去，他又不要去。

他看看这位莫莱女士，她的样子长得和爱赛儿一样的好看，他就想接近她。莱特是和许多的美国人一样想在女人的身上寻求希望的。要由一个女人来解决他自己思想上的烦闷。但是他又不想这样做，他知道一个人应当有一个信仰，要为大众而服务，不宜单顾到个人。这种思想他踏进了一步，又退后了一步，彷徨无定的动摇着；有时他又抱了一种美国式的英雄主义的理想而想做些惊人的事情，他在莱同地方的被人误解是使他很感不快的。就在这许多矛盾——恋爱与革命，个人主义与社会主义，英雄主义和自我牺牲的磨折下，他像一只盲目的飞蛾扑向灯火一般，当勃趣费的军队进攻时，他就第一个挺身而出的牺牲了。他死了以后，谁也不知道他，只有莫莱是晓得的。当这消息传到莱同时，大家都是在说：“什么？莱特是党人吗？我不相信。”

这本书的最大特点是表示作者的取材和思想已变换了方向，他看到在美国的青年人中，还有一种东西在酝酿着，它在没有成熟以前，是会像莱特那样把握不定而陷于盲目的冲撞中的。莱特这种人物，是一九三〇年代美国青年的典型，他是不像麦克费逊那样的混乱，也不比麦克里高那样的富于幻想，他是一个在逐渐健全化中的人物了。

一九三五，七，八。改写

维拉·凯漱

一

在今日的美国文坛上，有所谓“中代作家”者(Middle Generation)，他们大都在大战之前已开始著作，直到现在，虽然年青作家，一个个的爬上了文坛，因为历史上已获得很稳固的声誉，所以至今还占着比较重要的地位。其中包含两种不同的阵容：在迎头干上去的一群里，有德来塞，安特生和刘易士等，向后退避的一群里，有华敦夫人，凯贝尔，赫格夏麦和维拉·凯漱(Willa Cather)。

华敦夫人的琐屑和怀乡病，凯贝尔的美丽的幻想，赫格夏麦对于过去的浪漫谛克的歌咏，在维拉·凯漱的作品中，不但都可以体会到；加上了她在风格上所独有的韵调以及文字的精致，在这一群作家中要找一个代表，维拉·凯漱是再适合不过的了。

维拉·凯漱常被一般的美国文学史家称为最后的“地方主义者”（Regionalists），是继续了一八七〇年代美国西部的“边疆作家”的系统的。

大约在南北大战以后，一八七〇年的光景，美国西部已逐渐的显出兴旺的模样，诗人和小说家便把那些垦荒者的生活，用做写作的对象。不但地理上的特征，引起创作家的向往，移殖到边疆上去的人民，更是最丰富的题材：像从屋亥奥去的新英格兰人，米苏里去的“穷苦的白人”，米尼沙打去的斯干迭那维人，包含贫农，富农，畜牧者，掘银者，掘金者，小商人等等。这些根据了西部各地方的情形所产生的“边疆文学”，就造成了美国民族文学的第一支。

这些地方主义作家，虽然各人都涂上了浓厚的地方色彩，可是他们并不忠实的记录目前而感伤的回忆过去。像勃列特·哈特（Bret Hart）只对于加利福尼亚的淘金期发生兴趣；爱格耳斯登（Eggleston）的《胡雪欧的校长》（The Hoosier School-master）就只写他在印第安那的幼年景象。

当时盛产于西部的地方主义作家所以不敢面对现实，是为了眼看到十九世纪前半平安恬静的西部，既被机械的轰声所扰乱；农村中惇朴的田园风味，也被煤烟所掩盖；许多开辟荒地的英雄，早被人们抛在脑后；社会组织的复杂，宗教和道德的被轻视，生存竞争的激烈，都使他们回头向古老的时代里去抓回一些甜蜜的回忆来作为心灵上的慰藉。生长于混乱复杂数十倍于十九世纪而同时蓄有地方主义血份的维拉·凯漱，当然比半世纪前的先辈，更感到失望和悲哀。西部开发的伟绩，如今既成为过去的史诗，恬静闲适的理想生活，已不能在工业化的美国希望他重新实现，而两性间一切桎梏的解放，把已维持数千年的信条，全部破坏；同时她更身历过人类有史以来第一次最残酷的战争，战后劳资冲突的尖锐，国际舞台上的争斗，各国失业的恐慌，全世界不景气现象的浓厚，她那脆弱的心灵，既没有勇气和她同时代的作家如德莱塞，安特生般努力前进，便只好跟了地方主义作家的传统，躲到象牙塔中怀念些发生在古老的日子和遥远的地方里（far away and long ago）的甜蜜生活，去避免那这丑恶的现实社会了。

二

在她的十四部著作中，除了《我们中的一员》（One of Ours）写大战时期一个时代青年的悲剧外，其余的故事，没有一部是把她自己生活的时代作为故事中的时代，自己生活的社会背境作为故事中的社会背境的。她早年代表作《我的安托妮》（My Antonio）写美国西部正当开发的那几年，她家乡奈勃拉斯加地方，一个名叫安托妮的吉波赛女子的一生。作者用第一人称追述四五十年前这一位吉波赛女子的情史，她和她的情人没有结成夫妇，安托妮过了坚苦的一生，后来嫁了一个乡下人，刻苦持家，生男育女，在寂寞的西部，建筑起一所快乐的家庭。当那一位旧日的情人最近到她家里看到白发龙钟的情妇，成群的儿女，拘谨而忠诚的丈夫时，两人回忆到童年时代的往事，大家都觉得很甜蜜。安托妮对他说：“你想到古老的时代，你就得记起我。我想每个人都得回想到古老的时代去，最快乐的人，也不能例外。”这一种对于古老时代的怀念，简直是维拉·凯漱每部书中的主要题材。《失望的妇人》（The Lost Woman）写“三十年或四十年以前”美国正在修筑铁道时期一个寡妇的哀史。《垦荒者》（Oh，Pioneer）和《百灵的歌声》（The Song of The Lark）也是作者童年时代的奈勃拉斯加的缩影；《主教之死》（Death Comes for Archibishop）写一八五〇年光景新墨西哥的传道时代两个天主教士为上帝牺牲的故事，《石上人影》（The Shadow On The Rock）更是把法国殖民地宽拔（Quebec）的地方作为小说背景的。这许多时间上的悠久性和空间上的遥远性，已足引起读者浓厚的罗曼谛克的幻想，加上作者那重感伤味的怀乡病，每当我们读完一部维拉·凯漱的书，总像是做了一场甜梦般的感觉。

凯漱的作品，不但故事的本身，带上了浓厚的梦味，在故事中行动的人物，也像在梦中所见的一般只是一些闪过了的黑影，好像逃世的老教授，只求造成一所大教堂的主教，夜半失踪了的老妇人……我们从作者亲热的手笔里，虽然感到这些人物都是甜蜜可亲的，可是要捉摸他们的血肉，或是到实际社会里去找他们所代表的人物，就会大大失望的。

这种作品中人物的非现实性，一大半为了她个人生活的远离社会，因而无力到实际社会中去挑选人物。她是最爱孤独的，她虽然生于二十世纪的美国，住在纽约的公寓里，但是除了玩玩意大利的绘画，捷克的石刻，大作家大音乐家的亲笔字，偶尔听听音乐会以外，他对于这动摇纷乱的实际社会，根本不屑去观察，更不愿去认识的。当一个新闻记者去问她生平最敬爱的作家时，她就直截地告诉他说是维琪尔(Virgil)。

三

她在《我的安托妮》里说：

> 我很记得有一天晚上，我们读到但丁对于维琪尔的敬爱。克娄立克把《神曲》从这一章读到那一章，重复着但丁和他“甜蜜的师长”间的对话，把两指间烧着的烟蒂都忘记了。我现在还可以听见他，说着替代但丁而由诗人斯坦谛斯所说的诗句：“在

> 世界上我的名声将和那个流芳万世的名字永存不朽，因为我那股热力的种子，就是已灼热了千万人的神圣火焰的火花。”我意思是说《依尼特》（Aeneid）对于我，它是我的母亲，对于我的诗，它又是我的保姆。

这一段描写书中的主角和他的同学在大学念书时对于古罗马诗人维琪尔的向往的话，其实就是作者本身的自白。除了《我的安托妮》以外，在许多作品中，维拉·凯漱都有对于维琪尔的倾慕之忱的流露。

罗马古诗人维琪尔的作品，大都用丰富的想像，精丽的辞藻，歌咏田园风物以及乡居生活的闲适，而主张逃去喧闹的尘世，回归到理想的境域中去的。早期的十篇《牧歌》（Eclogues），感伤的叙写许多青年的可歌可泣的恋爱史，《田功诗》（Georgics）便歌咏自然景物和意大利的乡村生活，由他那支感伤的诗笔，使我们油然幻想到二千年前富庶的罗马来。史诗《伊尼特》（Aenied）更是用美丽的笔调，追述奥古斯特大帝的丰功伟业，而用怀古之幽情引起当时读者对于祖国的爱慕骄矜之意的。这许多维琪尔的特点，在维拉·凯漱的作品中便都接受了过来，所不同者就是维琪尔歌咏罗马帝国的盛业。而维拉·凯漱却写开发美国西部时代的往事。正如发迭门（Clifton Fadiman）所说：“虽然它（凯漱的小说）的根源是奈勃拉斯加的乡村，可是它小说的秀美，反对混乱和变动，它的虔诚，它的祖先崇拜，它的道德的理想主义，它的温和的淡泊主义，它对于过去的感觉，以及那种比悲伤更动人的眼泪的感觉，都是维琪尔味的。"①

维琪尔在近数年来，不知怎样的交了红运，这一位古典文学中的浪漫主义者，在莫索里尼统治下的意大利更把他当做国民意识的最高标准；而关于维琪尔的研究，为了政府的奖励，最近数年来，每年更有伟大的著作出版。屈拉西（Anaclet Traci）在一九三〇年出版了一部《维琪尔之归来》（The Return of Virgil）。一九三一年意大利的罗马问题讨论会出版了几部《维琪尔研究》（Research on Virgil），包含费但耳（Pietro Fedele）的《维琪尔所教回归泥土》（Return to The Soil as Taught by Virgil），还有包戴（Ciuseppe Bottai）的《维琪尔作品中对于劳工的推崇》（The Exaltation of Labour in The Works of Virgil）等等。意大利最近对于维琪尔的作品的过分宣传，据伊立司屈拉吐华（Anne Elistratova）的评论是"根据了莫索里尼的主张而进行的"。② 本来莫索里尼提倡复古敬旧，他告诉国民不要记挂目前，只要幻想过去，

① Nation Vol. 3518 P. 563.

② International Literature 1933 No 2. P 92.

他说："一个伟大国家的根基，就在和过去发生的关系上。"维琪尔本身既是一个怀远念旧而歌咏古罗马盛业的作家，对于今日的意大利又是生存于二千年前一个古远的罗马诗人，意大利的崇尚他，当然和他们目前所倡议大罗马帝国的复兴以及莫索里尼的法西斯蒂主张，有直接关系的。

但是维拉·凯漱为什么如此的推重而模仿维琪尔呢？维拉·凯漱的推重维琪尔，当然和意大利没有直接关系的，但是她和桑顿·维尔特（Thornton Wilder），同样地都是叫人不要张眼看目前，而闭着眼睛想过去，和维琪尔一样是倾向于反现实主义者。

四

在显示逃避的作品中，最明显的是《我的生死的敌人》（My Mortal Enemy）。它写一个久历风尘的妇人，当一切的繁华日子都过去以后，穷苦而烦乱的实际生活，使她只能从童年乐境的回忆里找到一些心灵上的安慰。她皈依了上帝，想根本躲开这社会，于是有一次，一个叫做奈丽（Nellie）的女孩子伴了抱病的她到鞢洛吉士脱山崖去。在那里，她看到无边的大海，温暖的太阳，在伟大的天地间，只有她一个在过着冥想的生活。她便对她的同伴说，我喜欢在日出的时光到这里来看一次。几天以后，在清晨里，她自己到了那个山崖上去，等家人四出找寻时，早已不知她的所在了。这一位像殉道者般跳出这丑恶世界的老妇人，正是维拉·凯漱人物的最终的出路。

但是维拉·凯漱决不能把所有的人物赶上这座山崖去自杀的。有一位欧洲的批评家说在今日的思想界上，假如一个人没有勇气去自杀（像刚才所讲的那位老妇人般），就只有两条路可走，一条向左去，一条便归依天主教。诗人依里奥脱（T. S. Eliot）便是走后面一条路的人；而后期的维拉·凯漱，在无法自解的环境中，也只好把天主教作为最终的归宿。所以在《我的生死的敌人》以后继续写成于一九二七年的《主教之死》，就是以新墨西哥征服后两个天主教神父传道的故事，作为小说的主题的。一九三一年写的那部《石上人影》，也是写在法属宽拔地方的许多虔诚信教的天主教徒的生活。

这二部最近的长篇小说，假如和她前期的作品相比，像《我的安托妮》，《失望的妇人》，《教授之家》，《我们中之一员》等虽然都写她童年时代的西部情形，却多少还是她所知道的或是听到的题材，在《主教之死》和《石上人影》里，读者便没有丝毫真实的感觉了。这两部书是纯粹“牧歌味”的故事。这里的世界里没有热情，没有生之挣扎，没有性的扰乱；是一个恬静的世外桃源，来往的人，都是虔诚祷告的神父，顺从自足的教民，没有风雨，也没有声息。这一座由作者一手盖成的清静天堂，确是美丽得每个人都心神向往。但是在二十世纪的地球上，到那里去找这样一个美满的世界？克洛能勃格（Kronenbeger）说："在小说的艺术上，牧歌是很明显的占着比较低微的地位，不但是假装着在处理真实的人生，并且它没有多少人类的本质可以告诉我们，只能领悟少数的永久的真理，只能打动有限的深刻的感情而已。换一句话，它至多是虽然不真实，却还可爱，在美感上能取悦而已。"①

这两部书写的都是再精致美丽也没有的散文。字汇的新鲜，意像的富于诗意，韵调的音乐化，在美国人写的英文里，无怪华尔特门（Waldman）所说，是美国现代作家中最被英国人所赞美的一个。一段段的 Episode，像一篇篇的诗章，飘逸的意境里，包容了甜蜜的和谐性，由这些 Episode 并成的小说，真像一件手织的绣品。可惜从每个 Episode 看，虽然都是引人幻想的轶事，并合成了一个长篇，就处处觉得松弛而不成为一个整体。"我们触到了那已被遗忘的世界里那重新创造的香味，像是在半明半暗里看到一种银光般灰白的感觉。又像一种旧的锦缎，虽是极有光彩，可是已稀薄易破得不能手触的了。"

---

① American Bookman Jan. 1932

这二部最近的代表作，虽然取的是发生于美洲的一段真实史迹，到了维拉·凯漱的手中，就成为另一样东西。辣托阿（Latour），凡伦（Vallaint），奥克莱（Auclair），雪西利（Cecile）都变做了像是从来没有生存过的人物，克洛能勃格说：

> 我们当然不说第一流小说家所最注重的环境必得是他自己所生存着的那个时代里的。但是我们也懂得小说家可以写历史小说，把它写成人生经验上一种真实而重要的纪事。我们的时代里，恩赛特（Sigrid Undset）就写过两部关于过去的小说，虽然像《主教之死》和《石上人影》里维拉·凯漱的男女角色般同样受到教堂的影响，可是用了人性和力量，他们是没有什么过度描写的。凯漱和现实的分裂，不只在乎历史小说的选择上，而在乎利用了历史小说去当做她那不同目光的材料——把距离愈隔得远，而用轻淡的色彩去布满了她那梦境的作法。①

五

现在维拉·凯漱已是四十开外的人了。她现在住在纽约的公寓里，开窗向西望着，遥念她那已成工业区的

---

① American Bookman Jan. 1932

家乡，关上了窗，又冥想起二千年前的维琪尔和天主教的天国来。大量生产，机械文明，军事准备，不景气，失业，革命，这些社会大事虽然在她身边进行着，可是维拉·凯漱是见不到的。

一九三四，七，十。

裘屈罗·斯坦因

一

裘屈罗·斯坦因（Gertrude Stein）。

一大半读者看到这个名字，也许觉得很生疏。这不但对我国人为然，在过去出版的几部正统的现代美国文学史里，也极难在书后的人名表里找到她。偶尔有几个批评家提起，不是用轻薄的语调，说她的作品，除了她自己以外没有人读完过一本；便诅咒她是写不通文章的疯妇。

斯坦因是六十多岁的一位美国老妇人，从一九〇三年起，就旅居在法国巴黎万花路二十七号，没有回去过。三十年来，在她那座沙龙里，和各国的青年天才——包含了法国的，英国的，美国的，西班牙的，意大利的诗人，画家，小说家，音乐家，戏曲家们谈天说地。在浓厚的艺术空气中，便酝酿成了一种反传统的文艺运动。

表现在绘画方面的，像后期印象派的塞尚纳（Cezanne）毕伽梭（Picasso）麦谛思（Matisse）等；表现在文学方面的，像乔也斯（James Joyce）爱士拉·庞特（Ezra Pound），和依立奥脱（T. S. Eliot）安特生，海敏威，福尔格奈等。

当时她所欣赏的画家如毕伽梭，麦谛思诸人的作品，都是不容于沙龙的；而她所写的文章，更数次地被《大西洋月刊》的编辑所婉辞拒绝。但是三十年后的今天，毕伽梭，麦谛思的作品，已成为欧美收藏家所争夺的目标；而一九〇九年由格拉夫登书局（Grafton Press）勉强印刷了数百部的《三个人的生活》（Three Lives），既在去秋被编入销行百万的《近代业书》（Modern Library），而一度被诺孚（Knopf）书店拒绝刊印以致原稿搁置了十七年的《美国人的成长》（The Making of Americans），也在两个月前，由哈各脱·勃来斯（Harcourt Brace）书店，用最夸张的广告，在各处宣称为“美国文学作品中不可磨灭的一部”而与世人相见了。

斯坦因的名字，虽然已在数年前由休伍·安特生的介绍，而逐渐被美国人所认识，但是她对美国文学史上伟大的功绩和她丰富的个人生活显露，还得归功于去年出版的《托格勒斯自传》（The Autobiography of Alice B. Toklas）。这部《自传》发表以后，三十年来时常被人当作一个神秘象征的女作家，才被世人发现为近代文艺运动史上一位重要的中心人物；而这部《自传》文字的清新可读，更变更了一般人为了看不懂斯坦因作品而断定她不会写通顺文字的误解。

斯坦因后期的作品，因为追求技巧而走上了象征主义的狭路，可是她早年所作的小说《三个人的生活》和《美国人之成长》，确是十足的现实主义的。她在这两部小说中所运用的现实方法，过去曾启发了安特生，海敏威一流人。韦尔逊（Edmund Wilson）说：

> 《三个人的生活》，虽然销行并不广，（当时还没有收入《近代业书》，）却发生了相当的影响。卡尔·范·凡趣顿，曾写过一篇论文。奥奈耳（Eugene O'neill）和安特生都读得很佩服。这是一件很有趣味的事情：上述的三个人，以后便都去描写黑人的生活，因为斯坦因给了他们一种不带种族意识的态度的前例。安特生好像在他不十分写实而带有梦味的小说里，学得了她的那种和民歌的叠句有同样效用的重覆作法，而更用直截，简洁，朴素的句子，去写作他的小说了。①

至于《美国人之成长》，当时由海敏威从斯坦因那

---

① Wilson：Axel's Castle P. 237.

里要来在福特（Ford Madox Ford）所编的《横断大西洋评论》（Trans-Atlantic Review）上第一次与世人相见。当时斯坦因只有一份原稿，海敏威便自告奋勇地抄录了一份，更替她读校样。海敏威从这部书里所受到的影响，斯坦因在《自传》里说："海敏威抄录原稿，又改正校样。改正校样正如我说过的像是拂拭尘土，你可以从校对里，懂得许多不是看书所可以告诉你的真价值。海敏威在校对这些清样里学得了许多东西，而对于一切所学得的东西，都很佩服。"①

斯坦因不但在近代文坛上发生了很大的影响。她对于近代绘画，也是一位热心的保姆。她是第一个认识毕伽梭的天才的人；麦谛思的作品被选入沙龙后，每次出品，都得由她挑选，约翰·格利（Juan Gris）既是她最相得的朋友，后期印象派的大师塞尚纳更是近代画家中最先引起她趣味的一个。

她在一九〇三年从美国约翰霍泼金司医科大学毕业后，就和她的哥哥到巴黎去。过了几天，她们俩就到伏拉特（Vollard）的画馆里去看塞尚纳的画。她们鉴赏他画的苹果，他的裸体画，他的风景画。最后斯坦因对于塞尚纳，感到了极大的兴趣。有一天，她便决定要买一幅塞尚纳的人像，在八福之中，斯坦因挑了一幅女人的

① Autobiography of A. B. Toklas P. 233.

画像。就从这一幅画像里，她自己在自传里说是获得了灵感，才写成短篇集《三个人的生活》的。

二

《三个人的生活》，是斯坦因最早的作品。这里包含了三个以主人公的名字为题名的中篇，分别叙述三个女子的故事。第一篇安娜（Anna）是一个个性极强的女子，她虽然毕生做人家的女管家，煮菜，洗衣服，但是总得要在主人听从她而赞美她的原则下，才肯低首下心的做活。第三篇的莱娜（Lena）是一个甘于居人篱下的弱女子。其中写得最成功的要算第二篇黑女梅兰沙（Melantcha）。这天真黑女所遭逢的悲剧，读者会跟了故事的行进，而和她同样地感觉到得不到男友谅解时心灵上所重压着的烦闷，以及在她心底里旺盛地燃烧着的欲火的冲动。

梅兰沙是一个黑人和白女所合生下来的混血儿。少女时代，父母没有管束她，就每天在火车码头上或是建筑场里游荡，和下流的男孩子们玩忧多到长大时，便认识了许多小姊妹，其中有一个名字叫做琴哈顿（Jean Hardon）的黑女，更使她懂得了人事。她们俩一块儿在街头巷尾度着放浪的生涯。但是梅兰沙并不是一个坏女子，她是一生向望着好的；当她碰到了一个黑人的青年医士杰夫（Dr. Jeff）的时候，便真挚地爱上了。可是这多愁多虑而又顽固的医士，永远在怀疑她过去的行为，以及她的爱是否出之于至诚。有一天，琴哈顿无意间谈起她和梅兰沙的荒荡往事，杰夫便决心和她断绝了。但几天以后，他又后悔起来，便找到了一个机会去质问她。她并不否认这件事，并且依旧表示真心的爱着他。杰夫医生在爱她弃她之间，把握不定自己的宗旨，于是每次看见梅兰沙，便每次逼问她是否忠实的爱着他。斯坦因写杰夫医生在怀疑和嫉妒中的烦闷，梅兰沙单恋的痛苦，以及他几次三番无情的逼问，到最后梅兰沙终于不被杰夫所了解而死于肺病，读者对于梅兰沙的同情心，已被作者的手法化做对于这位无情医生的愤恨了。

这部书第一个特点，便是在美国文学史上，斯坦因最先把黑人的生活，写得读者没有感觉到书中人物的皮肤是黑色的。以后安特生，奥奈尔，休士都受到这种影响。第二个特点是书中所受的塞尚纳艺术理论的影响，我们随处都可以感觉到。

关于塞尚纳的影响，除了作者自己在《自传》里透露过的以外，美国著名批评家卡尔·范·凡趣顿（Carl Van Vechten）说：

从她和画家的交际上看，本书中所渗入的塞尚纳的影响比任何过去文学家的影响为浓厚，并不是没有理由的。这位大画家的平面和歪曲的线条，可以在斯坦因的率直的散文里，确切地发现。[①]

塞尚纳作品的最大特征是“力”和“动”。塞尚纳以前的画派，只知表出事物静止时的形，光与色，为了它偏重客观，所以画面是静止的。到了后期印象派的塞尚纳，才发现了线，用线为手法去描绘画家的主观的心的跃动，而画面上便表现出有力的活跃的生命。斯坦因看了塞尚纳所画的女人的画像而写成的女人的故事，同样地蕴藏着丰富的生命力。三个女子的结局，虽然都是抑郁而终，但是斯坦因所留给我们的印象，却是三个活跃的，整体的，有力的女子。

这不但《三个人的生活》为然，读了长篇小说《美国人之成长》，更觉得斯坦因写作的方法，确是有异于过去的小说家的。

将来会有一部讲所有的男人和所有女人的历史，所有的男人和所有的女人，以及他们中的每一个人。讲他们的本性和其他各种性质所拼合成的东西，讲他们内心的生活。这一部历史，讲所有的人，讲他们所有的生活以及他们如何开始和如何结束的故事。[②]

《美国人之成长》就是这样一部讲所有的男人和所

---

① The Three Lives 序文 p. 5.

② The Making of American. P. 122

有女人以及他们中的每一个人的历史。原书厚一千余页，最近由贝尔那·法伊（Bernard Fay）删成四百页。写美国一家姓赫虚兰（Hershland）的家乘。作者在分章的叙述一个女儿和两个弟弟的生平事迹以外，同时记述他们的祖父母如何移居美国，他们的父母如何的发了财而逐渐自傲，他们家里所雇三个管家妇的一生，以及他们外婆家的情形；而最后的一章，更写这一家将来的命运。作者所涉范围的广泛，人物的复杂，时间的冗长，简直是全部美国人的生长史，从移民而卜居而发长而成就而世代的遗传下去，不特包含了所有的世代，所有的人类的生活面，并且表现着所有美国人的希望和笑容，所有美国人的恐惧和悲哀。这里所见到的全是真实的生命，活跃的生命和连续的生命。

过去许多作家写小说，大都从幻想和记忆中去找人物，这些人物在幻想和记忆中存贮得愈久，便愈成为枯燥无味的东西，因此这些被造作出来的人物，和博物院里的木乃伊一样，但有人的形态而没有人的生命。许多比较进步些的，就从真实的生命上去割取一段来写，而斯坦因是在空间上抓住活跃中生命的整体而再把时间加入进去的。能够达到这一个目标，只有现实主义者才有可能，而写《美国人之成长》的斯坦因，便是这样的一个现实主义者。

说斯坦因是现实主义者也许要引起一般人的惊异，

但说前期的斯坦因是一位忠实的现实主义者，我想是不会遭人反对的。即以《三个人的生活》而论，斯坦因自己在《自传》里就说过，“写作《三个人的生活》时，很受了当时正在着手翻译的福罗贝尔（Elubert）的《小说三篇》（Trois Contes）的刺激。”而批评家韦尔逊既在Axel's Castle中说第一篇讲一个老仆妇的简直可以和福罗贝尔那篇《一颗淳朴的心》（Un Coeur Simple）相比，卞尔·范·凡趣顿更以为：“从题材上讲，两个仆妇和一个可怜的黑女已和现实主义作家左拉，福罗贝尔的作品很相像了。只是他们所用的方法，谈不到有什么影响存乎其间而已。”我们也许真的不能在斯坦因的作品里找到福罗贝尔和左拉的写实方法；但是假如我们往前去找，却已有不少英美新进的现实主义者从斯坦因的作品里，获得最大的启发了。

> 裘屈罗·斯坦因，在她的作品中，时常抱有一种要正确描写内的现实和外的现实的热诚。因为集中于这一点，所以她的作品，变为简洁，而结果，便不免破坏了诗和散文中连贯的情绪。[1]

作者这一节关于创作态度的自白，可以给我们以可

① Autobiography P. 226.

靠的材料，证明她是一个最忠实的现实主义作家。她可以牺牲情绪上的连贯性，而不愿歪曲现实上的正确性的。

三

为了要达到表演事物的正确性，跟许多同时代的艺术家一样，移转目光到没有被文化所摧残的原始人身上去，而根据了 Ontogenesis Repeats Polygenesis 的原理，斯坦因便模仿了儿童的言语，从事于简洁文字的写作了。

这一种摆脱一切外表文化上的浮华而去追求内在的本质的要求，已成为近代一部分艺术家所常取的态度了。赫勃脱·李特（Herbert Read）说："一颗花草的价值，只在乎她的那粒种子，所有的形式是完全靠了第一根芽而生长的。我们从原始人（或是小孩子）那里所知道的艺术重要本质之最初表现，比起文化时代雕琢的东西来要重要得多。因为在后一个时期里的艺术，已遮蔽上了生活和行为的风尚，再不见本质的东西了。"① 就在这种思想下，果根（Gauguin）到南洋群岛去写土人的生活。塞尚纳主张自然的一切都可以化做圆柱形，圆形和圆锥形。而从事文字试验的斯坦因，就一反过去文艺作品用最华丽的字句和最雕饰的修辞去叙述故事的旧习惯，而模仿小孩子的言语，用最本质的字句去表现最本质的东

① Herbert Reed：Art Now

西；像抽象派画家把一个圆圈去表现一个人头，二根直线去表现二条腿一样；她把所有文字上的装饰全部剥落掉，而只用了几根动不得的骨干。

因此我们揭开斯坦因的书，觉得她书中所用的字，和最近流行的“基本英语”（Basic English）差不多。深奥而难懂的字，极难在她的作品里找到。可是她文法的拘谨，她自己说是每一本都可以供小学生在文法课上作分析用的。如：

> A great many are thinking that mostly every one is having pleasant enough living, a great many are thinking that not any one is really having pleasant living, a great many are thinking that some are having a pleasant living.

这一段文字里，没有一个小孩子看不懂的字，但是明白地表示了三种人物对于人生快乐的见解。而在这一种简单的语调里，反而产生了一种音乐味的声调，这就是勒韦士（Wyndham Lewis）称斯坦因的作品为散文歌（Prose Song）① 的原故。

这一种用最简单，最朴素，最基本的文字来作为文艺创作的工具，在文艺作品需求大众化的原则下，是值

---

① W. Lewis：Time and Western Mind P. 76.

得采用的。许多作品不能深入民间，最大的难关，就是许多古怪的文字远超出一般人的教育程度，而主要的意义，反被这些装饰的字句所掩没掉。可惜斯坦因文字的简洁朴素的优点，只做到这里为止。以后她虽然脱离了旧的桎梏，却自己钻入了新的束缚中。《美国人之成长》的末二章，小孩子的文字，已写得比大人的都难懂了。

同样，根据于儿童心理，而在技巧上独创一格的，便是斯坦因作品中最特出的覆写法。

小孩子和野蛮人的话，每一个字或是每一句话都常常要重覆地说了几遍，才能表达他们的原意。斯坦因的作品，既要模仿小孩子，所以覆写（Repitation）在她的作品中，就成为最主要部分。有的是一个字的覆写，如 And one and one and one and one and one；又有的是一句话的覆写，如 I begin you begin we begin they begin we begin I begin。最重要的是一个意思（Idea）的覆写，如杰夫医士逼问梅兰沙是否真爱他这一个意思，斯坦因曾覆写至近十次之多。

这一种覆写法，许多人认为是最不合理而最使人讨厌的东西。但是除了大家所知道重复（Repeating）可以产生和民谣诗歌中的叠句同样的效用以外，在《美国人之成长》里，作者自己说出他对于重覆写作法的理论来：

在小孩子以及在青年人里，常常说着重覆的话，但是他们自己也不一定明白究竟自己在表示些什么。到年纪大了，这种重覆的说话，才是他们自己所要说的。小孩子的时光，他们重覆的说话，并不能说出他们要说的话，年轻的男女们，更不知道自己要说什么话，但是他们永远在说着，慢慢地重覆着，而慢慢地重覆里，我们才知道他们的心里实在有了些什么东西。①

每个人的心里，都有许多东西，许多活的东西都是由重覆的说话而吐露出来。在重覆里，带了些小小的变动，这些变动，正好形成一个有个性的东西，把每一次的重覆变成有个性的东西，而使这个人有自己就在这里边的感觉。②

所以我们知道斯坦因的所谓重覆，并不是第一种东西的第二次表现：而是第一种东西的第二种表现。并不是静止的反复，而是进展中的变化；不单是空间的，而是空间加上了时间的。我们平常看到每天见面的朋友，不是总觉得他今日的模样，就是昨日的重覆，而明日的模样，又是今日的重覆，永远觉不到他有什么变化的吗？

① The Makink of American P. 95.
② The Making of American P. 132.

事实上，我们的朋友，就在每天所见的重覆里，逐渐的在头发变灰，皮肤成皱，而从青年人变做了老年人了。天下万事万物，都在时间的过程中，重覆的方式里，由甲的阶段变做乙的，又由乙的阶段变做了丙的了。这样永恒不绝的绵延重覆，就成为这世界，就成为这人生。所以斯坦因的所谓重覆，可以和哲学中的 Becoming 作相似的解释。赫虚兰的家族，就在这种重覆里开端，也就在重覆里结束——也可以说是绵延下去。而书中几个人物的重覆，更如作者所说“Every one always is repeating the whole of them. Each one slowly comes to be a whole one to me.”似的，在小我的重覆里，更包容着有大我的变化了。

斯坦因既承认人生社会就在“重覆”二字里进展，他要抓住这重覆着的人生，便就采用了重覆的方法。贝那尔·法伊说：

> 斯坦因文字中的重覆，并不是一种写作上的习惯或是狡计，却是一种处置如海中的波浪，心房的跳动，季节的变换一样的人生的方法。像从人类的身上永远产生不断的人类一样，这宇宙间的重覆，并不是单调的进化，而包藏着各种的式样，光彩和思想的。他有许多的变化，他表现生命，从头至尾的永远没有结束，也永远不会中断。斯坦因的重覆，

事实上便是思想，而活的思想永远是存在于活的事实里的。[1]

我们可以引作者描写杰夫医士逼问梅兰沙的这个意思来做例，看她如何在重覆的手法里表现出变化来。杰夫在初见梅兰沙以后，他就每次的重覆申述他自己对于善恶的见解，以及不赞同一般黑人追求暂时刺激的理由。他每看见梅兰沙一次，他就把这一段话重说一次，而他对于梅兰沙的怀疑，也跟了每次的重覆而在逐渐增加。经过了数次重覆的描写，到琴哈顿吐露了真情，我们由渐变而看到突变，重覆便达到了峰点了。在这里，斯坦因并不把故事一直泻落下去，她还是应用了重覆的方法，把故事向下开展。杰夫在质问了梅兰沙一次以后，他还是重覆地逼问她是否真心的爱他。每一次见面，每一次重覆的要看她的内心，要获得全善的爱。围绕在这一个意思上的覆写，几乎占去全书的大半部。慢慢地梅兰沙感到烦恼，或到失望，渐渐地杰夫也不再去看梅兰沙；到这一个重覆像钟声般逐渐的低微，逐渐的隐没时，梅兰沙已变换了一个爱人了。

斯坦因这种独创的覆写法，假如能懂得她的原理，不但不会如勒韦士般批评它是一种“时间的浪费”

---

① The Making of American P. 171.

(Time trouble)，反而知道她是正在利用时间，去增重在时间过程中的生命的现实性。因为我们这永远活动着的实际社会，要整个的抓住它，过去那种只看到空间而不看到时间的处置法是难于达到的。要用动的手段才能抓住动的生命，在用由重覆而产生变化的写作法，才能模仿这由重覆而产生变化的人生。

斯坦因应用了 4th Dimension 的写实法，决不是左拉，福罗贝尔所能意想到的。也许左拉和福罗贝尔的时代，还是没有完备产生这种写作方法的条件。我们这二十世纪的新世界，不是已产生了爱因斯坦（A. Einstein），和柏格森（Bergson）吗？斯坦因这种包含时间的写实方法，更是我们这时代的产品。

四

斯坦因完成了《美国之成长》后，曾在大战前数年，到西班牙的猁拉拿大（Granada）去游历过一次，她在自传里说：

在猁拉拿大，我们很快活，我们碰见许多有趣的人物，英国人，西班牙人。就在这里，就在这个时光，斯坦因的文体逐渐地转变了。她说从此以后，她对于人类的内心，他们的性格，和在他们内心的动作发生了兴趣。就在这一年的夏天，她第一次感觉到有表现这外在世界的韵律的欲望。

经过长时期的艰苦的试验，她找寻着，倾听着，描写着。永远地被内在的和外在的问题所苦难着。

她用各种的东西去试验写作，她也曾创造过许多新字，但是她抛弃了。她觉得只有英文才是她的工具，而只有用英文，她的工作才会得完成的，她的问题才会得解决的。①

从这一次的思想上转变以后，斯坦因便逐渐脱离了《三个人的生活》和《美国人之成长》里的现实态度，而走向象征主义去了。她后期的作品如《地理与戏剧》（Geography And Plays，1922），《有用的智识》（Useful Knowledge 1928），确是已成为一种 Systematic Comic Non-esnse 的达达主义的作品。最近斯金纳（Skinner）从哈佛大学的心理学校刊上找到一篇斯坦因早年所作关于“自动写作”（Automatic Writing）的心理论文，再把她后期的作品相比，那她更像是已走上了超现实主义（Surreal-ism）的路上去了。②

一九三五，三。

① Autobiography P. 130. 130. 131.

② Atlantic Jan. 1935.

桑顿·维尔特

一

当海敏威（E. Heminway）的《太阳也升起来了》（The Sun A1so Rises）在一九二六年出版的时光，同时有一个作家替旁乃（Boni）书店写了薄薄的一本小说，这是一本再闲适而典雅也没有的作品。文章写得像山溪中的流水，故事含蓄着神秘的意味，书中的人物都不是我们日常社会中所能接触到的，至于全书的意义完全在指示一条宗教的出路。他既不像特莱赛，安特生般的专写些丑恶的现实相，更超越了他所生长的国家（美国）而向往于遥远的异乡。这本书的问世，据有些批评家说是证明了在美国，纵使有许多年青人在学时髦，但是古典主义，已成的规范，传统的风格，道德的价值，还是存在的；而且根据了这种条件写成的书，依然是最理想的文学作品；这本书在美国出版也就不愧去见英国读者了。这一个在近代美国文学中可以称为独特的古典作家，就是现在要讲的桑顿·维尔特（Thornton Wilder），他那一本神秘的伟著就是他的处女作《卡巴拉》（Cabala）。

原来战后的美国青年作家中，他们所受到大战的刺激是一样的深，对于人生的谜是一样的在追求着解释，但是为了各人的生活和思想的不同，就分走上了二条不同的路，除了福尔格奈（W. Faulkner）海敏威（Hemingway）杰否斯（Jeffers）一群人是消极的描写那悲剧的人生以外；最大多数人是向积极的人生道上去斗争的；受不住现实打击的就逃避到天主教里去：最著名的如伊立奥脱（T. S. Elliot）凯漱（Willa Cather）戴脱（Allen Tate）兰逊（John Ranson）费尔拉爱（John B. Wheelwright），而桑顿·维尔特更是一员重要的代表。

二

维尔特的产量并不多，从一九二六年至今，只有四部小说，这些小说的篇幅短得拼成了一本还不到三十万字。在这些小说以外，他还写过一部剧本，名叫《戏水的安琪儿》（The Angel That Troubled The Waters）。包含十六个短剧，在这部剧本的前面，作者还写了一篇不短的序言，是维尔特表明自己创作态度的唯一的自白。其中有一段就讲到他个人对于宗教与文学关系的主张：

在这本书里的所有剧本都是宗教性的，所谓宗教性含有很广泛的意义，就是说一个信徒应合于近代的标准。虽然事实上，在文学史里几乎没有一个时期这种东西是这样的不受人欢迎而遭人如此的误解过，我却愿意做这一件工作，我希望经过了许多错误，我们能够再去发见一种精神，这种精神就是和提高伟大的宗教题材相似，可是也不陷于硬干的训导主义。

我们从这一段文章里可以清楚的看出维尔特是如何的痛心疾首于现代宗教的被疏忽，精神生活的被轻视，所以接着上面的一段话，他又说："基督教传统中一切优美的东西，都为了文字上解释的关系而对年青人引起了恶感，一切精神生活上的字眼，都为了各时代牧师和教员们忽断忽续的诚意弄得混乱而又狼狈。"因此他觉得"宗教的复活简直是一件文字上的工作了。"[①]

他这里所辩护的宗教，并不是稍含近代精神而又流行于美国的耶稣教，却是富于中世纪精神的天主教。这一个倾向，就显示了维尔特思想的整个体系，是建筑在人文主义上的。虽然人文主义的思潮，目前已入于消灭时期，可是当维尔特开始写作时，它确曾在美国

① The Angel That Troubled Water. 序文 P. 9

的思想界上发生过不少的影响。人文主义的大师白璧德教授（Irving Babbitt），就说过这样一段关于天主教的话：

> 近代的人要在做一个布尔希维克或是做一个天主教徒之间作最后的选择，那里是不容有什么犹豫的。超世间的天主教不像布尔希维克主义要推翻文化，事实上，并且已经有了些证明的是也许天主教会在西方是唯一足以维持文化水准的机关。①

原来人文主义者把天主教当做他们的武器用的，人文主义者看到目前的现实问题没有办法可以解决，布尔希维克主义的扩张，随处在给他们以威逼，他们就设法去找求一种能给日益尖锐化的现实社会有相当解答的思想体系去抵抗一切动摇西方文化的恶势力，于是天主教，尤其是安格鲁加脱力教（Anglo Catholicism）获得了青睐，被人文主义者一手利用上了。这因为天主教本身是专讲法律和秩序的哲学，而他从中世纪以来在民众方面所得的固有信仰，也足以给人们以诱惑与笼罩，所以他们虽然扬弃一切天主教的形式，却主张"和上帝神秘的结合"。这一种思想的基本表现就在相

---

① Babbitt：Democracy and Leadership

信天命（Providence），反对自我的扩张，主张对于普遍的理性的遵从，也就是在宗教中的所谓屈服（Humility）的几点上。

把每个人的倔强的个性，崇高的理想，奔腾的血气一手压下去，使他们洗去了个人的本色而成为上帝意志的完成者，这就是维尔特每本书中的主角们所遭遇的命运。只有善道的人，才和上帝的意志神秘的结合，我们可以拿他所写的三部小说来作为例证。

三

先把他值得称为代表作而轰动过一时的《断桥因果》（The Bridge of San Louis Rey）（中译本曾虚白译中华书局出版）来说吧：这书的最大意义就在开首一章约尼伯司铎（Brother Juniper）的一章自白里说得很清楚了。故事述说在秘鲁地方有一座大桥忽然中断了，葬身在山谷中的一共有五个人，在天主教堂里服务的约尼伯司铎就在暗中叫奇：

> “为什么事情正好被五个人遭遇到呢？”约尼伯在想，假如天下的事情正有所谓天意的，假如人类的生命真是有人在安排着的，那么在这几个忽然送命的人身上，一定可以很神秘的找到些隐伏着的原因；究竟我们是偶然的生或死呢，还有被人安排着

的生或死呢?①

约尼伯这样的抱了一个探险家的心，就下手去调查这五个死在断桥下的人的一生的功罪善恶了。

这五个人中的一位是年纪最大的侯爵夫人，她向来最爱她的女儿，但是直到她出嫁，她从来没有获得过她女儿的爱。这一种只有内心受苦的单面的母性爱，到一天她女儿怀了孕，她便暗中抱着一个希望，到神庙去祈求上帝，用一切迷信的方法，去求她女儿的安产和母女感情的因此而得以复合。但是她女儿的来信上，依然全是读了使她伤感的话，她忽然明白这事情不是人力所能挽回，祈祷也不能打动上帝的计划的。

侯爵夫人进来坐在桌子旁边，她轻语着说：“我是无能为力的，要来的事情只得让他来”。她解下了她颈项间挂着的迷信的护符丢入熊熊的火盆中。她忽然有一种奇异的感觉，好像祈祷得太多反而得罪了上帝了，所以现在反要这样的对上帝说，“到最后，一切的事情都在别人的手掌中，我是一点力量都没有的，要来的事情只得让他来而已。”②

① Bridge of San Louis Rey P. 19

② The Bridge of San Louis Rey P. 75.

这一个贵妇人这样的大澈大悟以后，第二天经过那顶大桥时就跌入了山谷，结束她那可怜的生命了。

第二个人是两个双生兄弟的一个叫做爱斯朋的，他们为了顾全弟兄的情谊，便连情人都牺牲过，但是当其中一个忽然患病身死以后，爱斯朋就悲伤得不敢勇敢的生活下去。过去曾扶养他们的姆姆来劝他，他也不接受任何说话，这位姆姆就记起小时光她在讲耶稣受难的故事给他们听时，他们之中的一个曾说过这样的话："假如是他们在那里，一定要阻止他们这样干的"；现在他同胞的兄弟被上帝夺去以后，爱斯朋一定也在和天命别扭着了。她看到什么人要变更上帝的安排是必得失败的，于是她托了另外一个老年船长去劝他，船长对他说：

> 我们只能做我们所能做的事，爱斯朋，我们只能尽我们的力量去进行，你知道你不会等得长久的，时间在过去，你会奇怪时间是怎样在过着的呢。①

这一段话，把这位倔强的青年说服了，他信从了天命后的一天，他就和上面那位侯爵夫人同归于尽。

单从这部书中的二段故事讲，已可以见到维尔特的定命论的思想，如何的在指使着这些人物的生死。人生

---

① The Bridge of San Louis Rey P. 193

的一切悲欢离合，都已在事前安排好，人类的能力，只有听天由命而已。谁要想和上帝争胜，谁要违背上帝的定局就没有一个不狼狈的失败的。亚当夏娃在极乐园中本来可以安居一世的，但是这人类的祖先第一次就犯了想和上帝争胜的恶念，他想吃了知识之果，就可以主宰宇宙；这一个想触破天机的企图，不但使亚当受了莫大之责罚，而这一种遗传来的劣根性，更跟了人类的绵延而永不消灭。每个人都想做“上帝样的人”（God-like man），要讥笑上帝的缺点，要克服上帝的能力，在维尔特的目光中，这一个原始的罪恶，就成为一切悲剧的来源。

在维尔特的另一部小说《卡巴拉》中，也是以同样的宗教意识作为故事的脉络的。故事叙述一群异教徒，他们想利用他们在社会上的特殊势力，要把已定的局面改换面目，要把时钟退向后面走，要在意大利的罗马地方重新建造起十二世纪时代的神权的皇国来。他们要回到中世纪的封建社会去，要恢复教堂的权威，消灭一切的现存势力。但是他们这一个秘密团体中的每个人都失败了，失败的理由是为了这些人也不过是上帝掌中的一些灰尘而已。这本书快要结束时，有一位格莱小姐，讲一段故事说：有一个自以为得了上帝灵感的少年，以为他已是上帝的一员了，所以可以超越人力而跨入神权的范围，正在志高气扬时，他发觉他还不过是一个人，他知道：

> 上帝们是最怕被人讥笑他们的弱点的：好像飞行术，隐身术，“万事皆知”，“心无顾虑”之类。人类常常会疏忽上帝们是还有些可怕的能力：好像骄傲心，他们对于事物的指挥力，以及他们可以随意的生死和不顾善恶的生活等等。[①]

因此我们知道只有上帝可以干些超出人力以外的事，人类是无法超越上帝的。每一个踏进天国的人，都是受过教训而又屈服于天命的，所以他继着上面的一段话说：

> 一切的神祇和英雄们生来都是基督教的仇敌……只有一颗受了伤的心，才能踏进天国。[②]

这个自以为上帝样的人，终于也感到自己的无能，领教了那无上的权力而放弃了他们自己的主张了。《卡巴拉》书中的每个角色，没有一个不像这个少年般完全归顺于基督教而结束的。

他第三部小说《安多士的妇人》（The Woman of An-

---

① Cabala P. 224.

② Cobala P. 225.

dros）也不是一个例外。故事的背景是希腊，时间大约在基督诞生以前。讲一个从安多士岛来的极有修养的名妓，每天晚上在她的妆阁里有许多年青人围着她宴会寻欢，一起讨论崇高的人生问题，朗诵伯拉图的《谈话录》，优立辟谛斯的悲剧，并且相互的谈情说爱。这位名妓自以为是已经“死掉”的人，她是要从这种谈话宴会里去忘掉她一切的痛苦的；可是在她周围的许多年青人，有一个时常缄默着的潘菲勒斯却被她暗中恋爱着。有一天她忽然知道这位潘菲勒斯早已爱上她的天真的妹妹格兰绥莱了，她受了这个刺激以后，不到几天就弃世而去了。临死的时光，潘菲勒斯和格兰绥莱都在她的病榻前，她对他们说：

> 我们也许会在另一个世界里见面的，那时一切的痛苦都消灭了。我想上帝们还替我们隐藏着许多秘密……我要告诉几个人……，我虽然认识世界对我是再残忍没有的了，但是我还是颂赞这世界以及一切的生活，一切的东西都是好的。将来你们记住我，记住我是一个爱好一切而接受上帝所赐予的一切的人，不论光明的也好，黑暗的也好；希望你们也像我一样。

我们从这一段临死前这位安多士的名妓的忏悔里，就知道她就是维尔特思想的说教者。以后格兰绥莱又经过许多困难才正式的嫁给了潘菲勒斯，住到他的父亲的家庭中，但是为了生产，母子俩都死了。在某一天晚上，希腊各地都下着大雨，潘菲勒斯独个人睡在床上，想到格兰绥莱，又想到她的姊姊临死时说的话，他自己也不知不觉的说出了这样一句话："我颂赞一切的生活，不论是光明的也好，黑暗的也好。"

在这里维尔特，已把他定命论的思想全部揭出了。

四

维尔特所谓复兴宗教的工作，我们可以从这三部风靡一时的小说中，见到他努力的精神。但是我们对于这一位年纪只有三十多岁，毕业于雅礼大学，生活于物质文明最发达的美国的年青作家，采取了这样神秘的关于中世纪色彩的题材，每篇故事都是发生在悠远的希腊，秘鲁，罗马地方，每个人物都像木乃伊般的移动着，看不见一个现代气息的人，嗅不到一丝人间的烟火气，真不得不要感觉到维尔特这名字是不属于现代美国作家之林的了。但是从前面节录的白璧德教授的一段话里，再来观察近几年来美国思想界里所发生的大变动，就可以明白在这些年头正像他所说的只有两种绝端的思想存在着，不是向前便是向后，向前的作家要推翻命定论而否定宗教，要把文艺的写作看做只能描写现实的人生，要把人看做整个社会的一员，要认清改造社会决不是内心的问题，……向后的作家，就在任何方面向相反的方向走。维尔特所以不像特莱赛般的写美国的大资本家，安特生般写被压扁了的小市民，帕索斯般写动乱错综的现代社会，就为了根本的立场不同。维尔特这群人以为自然主义作品描写的是人生较黑暗的一面，不能说是全部的真实；浪漫主义作品的内容又往往是伤感或是理想的；现实主义的作品描写的又只是一时一地的人生现象，并没有把握到基本的人性，只有描写普遍的固定的人性，才是文艺的最大任务，而这种人性只有在常态的人生中才能领会到，因此节制的精神就成为维尔特作品中每个人物所最需要的东西了。

侯爵夫人向上帝过份的祈祷，爱斯朋为了胞弟病死而要自杀，还有为了主教说谎而拔枪轰击的阿斯屈理罗斯（Astree Luce），因为失恋而发狂的阿理克斯（Alix），这些人物都是情感的奴隶，都是些放浪的梦想者，失去了普遍的纪律和平衡的人，所以每人都得陷入于困苦艰难的深阱中，一直到他们大觉大悟时，才获得了解脱。在《卡巴拉》一书中，作者最理想的人物要算那位在中国传教了几十年的大主教，他是早已获得东方思想中中庸之道的熏陶的圣者。

把道德上的工作作为文艺的最终目的是人文主义者的一般见解。慕尔（Paul Elma More）以为文艺是达到某种道德的工具；写 The Dilema of Modern Tragedy 的汤泼逊（Alan R. Thompson）也主张文学应当把校正人类的行为提高一般的道德水准为责务；却斯（Stuart Chase）说过："人文主义者要在文学中获得道德上的满足，他要面对着真理，但是他也要保存普遍的人性，因为在那里，人类的价值居于一切的中心。"却斯更在一篇叫做 Dionysus in Dismay 的文章里提出把人文主义建筑在古典主义上的问题。人文主义和古典主义的关系，在人文主义诗人依立奥脱的那句名言："在宗教上是天主教徒，在文学上是古典主义者，在政治上是保皇党"里，看得最明白；他那部为《兰斯洛安特罗斯而作的论文集》中，更有许多言论是根据在这一点上出发的。而在批评家狄那莫夫（Dinamov）的目光中，在人文主义作家中最足以代表的古典主义者便是这位维尔特先生，而最足以称为古典作品的就是他的那本《安多士的妇人》。[1]

五

正当维尔特的作品最被读者所欢迎的一九三〇年，《新共和周刊》上，密卡尔高尔特（Michael Gold）写了一篇攻击维尔特的文章，这篇文章引起了近数年来美国文坛上的一大论争。文章中最主要的一点是这样说：

---

① International Literature 1933 No. 3P. 72.

维尔特有许多地方讲到人心和它的永久的问题，这是他所最关心也是他所希望我们相信的，他说这问题是无论何时无论何地都是一样的，其实这是一种多少平庸的逃避啊。他在希腊，秘鲁，意大利还有别的远处地方所探得的人心，不过是一小部分无用者的人心而已。这些人，只有少数美国人是和他们有些微血统关系的，……维尔特就不过是在美国新兴的这种麻木的阶级，那种温柔的布尔乔亚的诗人而已。他领着这些人到城堡，皇宫，以及远处的希腊岛里默默的研究人心，……他却看不见有人在福特汽车厂里做工，看不到有人为了失业而在饥饿着……①

这一个不但攻击了维尔特更得罪了维尔特读者的炸弹，就在以后几期的《新共和》上，发生了一次不小的反响。维尔特的群众都出来辩护了，有的大骂《新共和》的编辑根本不应当刊载这种马克思主义者的书评，有的说这个犹太种的书评家根本就在和基督教桃眼。其中有一个人的批评是值得译下来的……

高尔特只注意到我们目前社会中偶然的缺陷，

① New Republic Oct. 22 1930.

维尔特却为了纵使像高尔特所梦想般每个普罗列塔利亚都踏进了天国还会发生的许多问题而担忧着。维尔特是比较上更民主化和人性的，因为他相信虽然有钱的人，还有许多苦痛的问题要解决，还有灵魂需要拯救的。

——亨雷·牛门（Henry Newman）[①]

维尔特和高尔特当然是两样不满意于现状的人，但是维尔特看到的是永久的人心，他主张要拯救它的堕落便得防止自我的扩张而把它归顺于宗教性的命定论上去；高尔特就否定他这种节制的办法，而主张用革命的手段去改造社会，现状的不佳，不是人心的想背弃天命，而是人类的逃避为人类所应负的改革社会的责任；他不像维尔特般着眼在抽象的灵魂，而看重在整个的社会。牛门所谓维尔特比较上更民主化和人性化，是根本把人类分做了有钱和无钱的两阶级；对于他，好像无钱的人要解决衣食的不足，有钱的人就得有人替他去解除灵魂上的痛苦，而维尔特这一种作家便是生来替这群人拯救灵魂用的。可是读了下面所引又有一个读者的话，就证明维尔特的作品的风行是如何的被美国的有钱人在疲倦的

① New Repuplic Nov. 5 1930.

晚上只当作为消闲的读物而已。

> 我不能把所有的清醒的时间完全化在关心到那些社会秩序，生活问题，或是如何达到我自己理想的问题上去，所以高尔特的攻击反而增加我读维尔特著作的愿望。要知道现在正有逐渐增加着的美国人，他们时常感到需要些美丽的和遥远的东西，尤其是在很疲乏的晚上。①

我们从这封信里很可以想像到一个拟贵族的资本家，在整天烦忙于金钱的计算，工人伙计的应付，同业竞争的焦虑以后，回到家里躺在舒适的沙发中抽着一枝卷烟，再揭开维尔特的书，跟着故事的进展，跑回到一七一四年的秘鲁，纪元前的希腊地方去，宛若置身在那种平静安定的生活中般，他怎么会不爱上维尔特呢？假如维尔特的书里写的还是他白天所遭遇到的许多问题，他所活动着的现实社会，他所来往着的人物，那就不容他安坐着做梦了。

有一位读者说得较中肯，他说：

> 高尔特对于写作小说好像抱了两种很专断的主

① New Republic Dec. 3 1930 P. 74.

> 张，第一是“社会的热情”，这是一个作家所必要的条件；第二是每个美国作家应当把他自己放在美国的背景中。他对于维尔特很严酷，就因为维尔特没有社会的热情，而写的不是活着的美国人而是已死的意大利人，秘鲁人。①

在维尔特的作品中，我们确是碰不见一个活着的美国人，这当然为了前面所说的维尔特不愿写什么现实的人生，但是他的逃避心理更使他只能躲在希腊罗马的象牙塔中。所以高尔特在那篇论文的结尾处，就这样的挑战着说：

> 让维尔特写一本关于现代美国的书吧，我们可以预料一切隐藏在希腊的外套里的所有基本的愚拙和浅薄都会暴露出来的。

六

论争发生后五年，（一九三五年）维尔特第一本写的关于现代美国的小说出版了。书名是《天堂是我的目的地》（Heaven Is My Destination）。全书讲一个旅行各地的售书商人怎样想用他自己的主张去感化社会，结果是

① New Republic Dec. 10 1930 P. 204.

徒劳无功的被人看做痴子。这一位古怪的书籍商人名字叫做勃勒许（Brush），他受到甘地思想的影响，便想用精神胜利以及自我约束的方法去改革社会。他旅行到美洲各地去推销教科书，路上碰到许多事情，就为了他那种固执的主张而遭人白眼。当他在塔克萨斯地方提取银行存款时，他拒绝他所应得的利金，因为他以为这是不义之财；并且当行长劝他接受时，他攻击银行制度，以为银行是为了一般时常抱着恐怖心理，预防不测的人而设立的。这一番攻击银行制度的话，据说是从甘地的“自愿贫穷”的理论里得来的，结果为了他扰乱人心而被送入牢狱去了。到开塞司城时，又为了对于女子的见解不同，在一个歌咏会里受辱。人家劝他不要如此的怪僻，不若随俗些的好，他说“假如我愿意做像你那样的人，我早愿意死了……，你得知道我并不是在发痴，发痴的倒是这世界。除了我每个人都在发痴，这就是原因所在；整个的世界是不健全的。”

他有一次说过：“假如一个人被坏人侮辱以后还是用好意去待他，他们倒要想一想而感到惭愧的；——这就是甘地的学说。”这学说当他在米苏利州时，他到一家杂货铺去买东西，店主妇给他找钱时，他看到她放钱的地方，交易以后，他在替店主妇穿一只针孔，一个强盗进来劫掠，他抢到了二元二角五分钱后，便逼他两个人说出藏银的地方来，勃勒许就实行他的学说直白的告诉了他。他还对店主妇说，“你让他拿了去，将来我会还给你的，这是我对于盗贼的一种试验，他们急需钱，就让他拿了去吧。”可是这一次为了甘地，他又下狱了。

这一个抱着救人理想的傻子，不但在上述的二件事情中遭人误解，他的婚姻事件，也使他失望了。人家劝他说，你的理想是靠不住的，你是一个遁世的人，没有什么人生经验的，他却至死也没有醒悟。当他病重的一天，他才对一个牧师说出这样的话，“我要求愈多，我所得愈坏，我所做的事情都是不如意的。”

七

从这本书中所表现的勃勒许的失望，可以见到维尔特的理想在近几年来已遭遇到怎样的幻灭。这世界决不是勃勒许的主张所能行得通的地方，天堂也不是在地球上随处容易找得到的，自我满足（Self-Sufficiancy）更附有许多社会的条件。维尔特的这部写现代美国社会的新著，正回答了五年前高尔特所提出的预言。而且他在这部新著里不但失去了他过去作品中为一部分读者所欢迎的那种最迷人的闲适而典雅的故事，并且为了要适合题材的关系，他更放弃了他那固有的优美的散文风格了。

原来在现代美国的散文作家中，显然分了传统的和独创的两派，脱掉了英国的桎梏，吸收了许多外国字的影响和本地的土语而另成一格的有斯坦因，海敏威一群人，他们摘取美国的新精神，织成典型的美国的散文，他们的成绩，我们已看到了许多。还有一派就是跟从了母国传统的，像凯漱罗炳生（Robinson）等，维尔特也是其中的一个。英国的权威文艺刊物《伦敦水星》上刊载过一篇吐唯吉脱（Twichett）批评维尔特的文章，对于他的文章，就说过这样的一段话：

> 我听见许多不负责任和善忘的英国人批评维尔特对于英国文字的教养和认识，使他脱离了真正美国的传统，这是一种可笑同时也是普通的错误，……那些有力的作家如特莱赛，林赛（V. Lindsay），假如把一切的才能放在一边的话，他们还是敌不过罗炳生（Arlington Robinson）和凯漱的。①

特莱塞，林赛，那种健全的粗壮的写实文字，当然不会被守旧的英国人所喜欢，而包容如维尔特所写的遥远的悠闲的故事的作品，也只有像他那种柔和婉转的抒情文，才能适配得上。《断桥因果》和《安多士的女人》的获得读者的颂赞，故事的富于麻醉性是一半理由，文字的清新可诵，也有大部分的影响。维尔特在《戏水的

① London Meroury May 1930.

安琪儿》的序文中，他还说过这样的话：

> 文字上的训练，只能靠艺术家本身，从几部在精神上和他自己的有些相像的伟大作品溶化起来才能获得的，我读过所有牛门（Newman）的作品，我也读过所有斯威夫脱（Swift）的作品，文学上的技巧应当在热情的高潮的不知不觉中从章法，造句方面去学习，我希望就是拼音也应当这样。

是抱了这样态度的维尔特，他在前三部著作的文字技巧上，利用了简明的字眼和成熟的组织，使读者获到一种流畅的感觉。他的散文给海敏威的出发点虽各不同，在美国的散文界中，确正好代表两种不同的典型。可惜我们不再能在《天堂是我们的目的地》中，找到如山溪中流水般的可爱的文字了。

八

这位维尔特先生说来是中国的老友，三十八年前他生在美国的威斯康辛。九岁时，因为他父亲在中国领事馆服务，就到中国来。他父亲在香港做了三年总领事，在上海做了五年。维尔特进了一所烟台欧人办的学校。一九一四年回到美国，先进奥勃林大学，一九二〇年在雅礼大学获得了学士学位，后来又到罗马去进了美国学院，在意大利的生活就使他后来写成了那部《卡巴拉》。以后他就在纽杰赛地方当了七年的教员。在这长久的教读生活中，他早就抱了对于文学上的大志，从事于心灵和智识上的修养，所以在雅礼大学念书时，已在写些短剧。这一种短剧，角色只有二三人，故事大半从圣经中取来，含蓄的意义都很神秘。这许多剧本，到他成名以后，才合成一部集子，题名《戏水的安琪儿》，在一九二八年出版。他的第一部处女作问世于一九二六年，就是前面说过的《卡巴拉》。

一九三六，三，五。

海敏威

一

欧纳斯脱·海敏威。(Earnest Hemingway) 的出现于美国文坛，虽然不过是十年来的事情，可是他八九部作品，正反映战后一代青年的思想；而他散文的特殊的风格，引起了许多人的模仿，至今是被人称做近代美国作家中发生影响最大的一个。

海敏威的重要性，不但在描写经过大战打击后迷落幻灭的青年群的苦闷；他抛弃了当时最流行的心理分析，而把一切归还到动作的本身，把官能印象，作为他写作和生活的中心，是含有深刻的意义的。

弗洛爱特 (Freud) 一流人的心理分析学，影响了近代人的生活方式，同时很锐利的侵入了文艺的园地。所以许多小说家就以为要观察一个人物的底细，必得深入他的内心生活；为了要表现一个人物使他切近现实，也非抓住他任何一刻的心理过程，以及他潜意识生活中的任何一角不可。于是艺术家就争向心灵方面去追求它的矛盾，冲突，和潜伏等等，而把个人官能上的动作当做一种附属品看。造成这一种态度的主要原因是近代物质文明的过度发展，使人类的内心生活愈趋复杂而神秘，文艺写作跟上了这条脆弱而虚伪的路，也抛弃了常态和健康的人，而满纸都是些多思多虑的病弱者了。

海敏威是最反对现代文化的人，他和早期的安特生痛惜美国西南部的机械化，以及劳伦斯（D. H. Lawrence）的攻击英国的工业化同样是主张回到淳朴简单的生活中去的。他在大战场上得来的经验，使他看破了一切的文化，把他所生存着的社会，看做一种虚伪者的结合。于是任何束缚都不能管住他，任何希望对于他是一种空想，任何顾虑都不愿闻问。抱着这一种态度的海敏威，既不如凯潄或是卡拜耳般的消极的躲向浪漫缔克的幻想中去，便到生活本身中去找寻人生的乐处，运用他健全的锐利的官能去欣赏从官能所得的印象。

他不像他同时代人般看重心理上的内省 Introspective Thought，而信仰生理上的反应作用（Reflex）。他知道原始的情感是不会骗他的，他的手和足的感觉是最真实的，一切没有受到道德文化摧残的本能的动作倒是生命中最真实的部分。

“在生活上，主要的事情，还是在乎人类的行动以及他的反作用而不是产生行动和反作用的思想过程。对于我们有关系的，对于我们觉得是实在的，倒并不是他们怎样想而是他们怎样做……，他最得意的就是由他健全的官能所得的印象；至少他对于人生的态度是行动的，对于他——现实，就是他所看见的和感觉到的东西。”①写对于《海敏威的误解》（The Mistake About Hemingway）的杜温（Arthur Dewing）的这段话，把海敏威最主要的思想，很明白的说出来了。

二

海敏威所以这样反对现代的文化，攻击一切虚伪的生活，最大的刺激，得之于他自身在欧洲大战中的经验。这一次连续四年牵连十数国的大战，把现代社会组织中的缺陷，暴露无余，而所有过去人类赖以生活的信仰，也丧失殆尽。这一种幻灭的痛苦，笼罩住战后的整个人群。十七岁时就离家从军的海敏威，当然不是例外。他在美国没有宣战以前，先在法国当救护队的义务员，后来就在意大利的军队中服务，受到深重的枪伤，才回到美国去养病。一九二九年一鸣惊人的《再会吧武器》（A Farewell to Arms）的长篇，就从一个叫做亨雷的在意大利军队中开救护车的美国人讲起的。

① 见 North American Review Vo1. 232 P. 365.

亨雷在意大利的野战病院里碰到了一个当看护的英国女子卡萨林勃克雷。

第二次见面时，就在黑暗里偷吻了她一下。在战场上已过了几年苦闷生活的亨雷，这一个接吻是一点抒情的味儿都没有的；他既没有爱上卡萨林，也没有这一种优闲的情绪。可是他被纯粹的本能所趋使，在他的舌尖下，感觉到她咬紧了牙关的嘴唇以后，就被卡萨林打了一下耳光；她忽的又后悔起来，她对他抱歉。亨雷说："你打得很好，我是不在乎这些的……你知道我过的是可笑的生活，连讲英文的机会都没有，现在看到你，又是这样的美丽。"卡萨林一方面同情亨雷的苦闷，一方面觉得自己的未婚夫既战死在沙场，这一种当看护的日子，早把一切美丽的幻景都送走了；和亨雷处在同样的生理要求下，就接受了亨雷第二次的甜吻。这一对生活在战场上，心灵已被炮火所炸毁了的青年男女，就不加思索没有希望不增幻想的开始了他们纯粹本能上的结合。

这一种结合，你决不能把罗米欧与朱丽叶的和他们互相比拟。亨雷自己说："我知道我并不爱勃克雷，也无意去爱她，这不过是一种游戏，像打扑克一样，不同的就是你用情话去代替了扑克牌而已。"这一种恋爱观，在唯情主义者也许以为亨雷的态度是太卑鄙了一些，可是这正是大战时期男女心理的真实的表现；他们再没有悠闲的心境去谈月亮讲情话，他们只有糊糊涂涂的做人。所以后来当亨雷为了受了重伤卧病在米兰的美国病院里，卡萨林赶来看护时，他们俩就在病床上不知不觉的发生了肉体关系。到了亨雷重上战场以后，卡萨林已经怀了孕到斯忒莱萨去了。

意大利的军队在那一年的秋天，为了德奥军的压迫，忽然向后大退，亨雷跟了混乱的败兵和难民的队伍中步行了好几天。因为亨雷是美国人（海敏威也是美国人），被意大利兵队查验时，便把他当做间谍而要处死他，幸而乘人不备时跳入河中逃到了米兰，换了常人的衣服，才在一家旅管里看到了久别的卡萨林。他想从此久居下来了，不料意大利的军队，知道了这个逃兵的消息，准备捉住他，于是在一个大雨倾盆的深夜，他和卡萨林驾了一只小船，两个人轮流划动的经过了不知多少的痛苦和挣扎，才在早上逃上瑞士的国境。

以后的日子，他们大家以为可以安住下来了，他们一同等着小卡萨林的出世，不料卡萨林遭逢了难产，在医院里经过解剖以后，卡萨林就没有醒回来。亨雷的悲伤，已经到了不能忍受的时候了，他要进解剖室去看一看卡萨林：

“你现在不能进来，”一个看护的说：

“可以的，”我说：

“你还不好进来，”

“让开去，”我说；“另外一个也出去，”

我把他们赶走以后关上了门，扭亮了灯火以后，倒觉得不大好，这好像去对一个石像告别一样。隔了一回，我走了出去，离开了医院，在大雨中走回到旅馆。

《再会吧武器》，就在这样悲剧的空气中结束了。这一个结束，显示了海敏威小说人物中最大的特性——硬心肠（Hard-heartedness）。亨雷是在大战场上受了重伤的人，不但在肉体上，尤其是精神上。他对于一切的价值，以及生死的观念，早已失去了平衡性。他的感觉是那样的麻木，他的感情是那样的不能贯注，他和卡萨林的关系就只是“冲撞”（drift）一个字：他“撞”到卡萨林，就“撞”得发生关系，现在又“撞”到死了。他在看护告诉他噩耗的时光，他的情感确曾动摇过，可是关上了门，扭亮了电灯，他的硬心肠又回来了。他在战场上已看饱了人的死亡；

他们像动物般的死去，有些快得为了一点你简直不相信会杀死一只兔子的伤。他们像兔子一样为了一点点小伤就死了。有的时光，三四粒子弹，好像皮肤都没有穿破。有的死得像猫一样，头壳破了，铁片嵌在脑筋里，他们还可以像一只脑子中了枪弹的猫，爬到煤灰窠里去再活两天，一直到你把他的头割掉了才死去。也许猫还不死，因为据说猫有九条命，我也不很明白；但是许多人，死得很像动物而不很像人的。[①]

卡萨林的死，何必去扭亮电灯细看呢？在别的作家的笔下，亨雷看到了他情人尸身的一幕，是必得用夸大的笔墨，去细细描写他心灵中的痛苦，才能显出他们两个人的情义的，可是海敏威只轻描淡写的把亨雷送还到旅馆中去了：因为亨雷是依旧要去打发将来的日子，他虽然痛苦，却依然要生活下去的。

这一个受战争刺激而变成硬心肠的幻灭者亨雷，就是海敏威的代言人，也就是战后迷落一代人的代表。《再会吧武器》中的亨雷是这样，他的处女短篇集《在我们的时代里》（In Our Time）中的许多角色，也都是些空虚，失望，幻灭的战后青年。

三

把世界大战作为题材而写的战事小说，五六年前，曾风行过欧美文坛。雷马克的《西线无战事》（All Quiet on The Western Front）雷恩（Renn）的《战争》（War），哈利逊（Harrison）的《将军死在床上》（General Dies on The Bed），卡洛萨（Carossa）《战时之罗马尼亚》

① 见 Hemingway's Death in the Afternoon P. 136.

(Rumania in War)。这些小说，虽然同样站在反战的立场，可是只有海敏威的战事小说，把世界大屠杀，当做一幅远景写，而注目在战后青年的实际生活上的。《再会吧武器》中，我们还可以看到大炮弹炸毁亨雷的救护车的血景，而意大利军队退防的那一幕，更是惊心动魄的。他的另一部长篇《太阳又起来了》(The Sun Also Rises）里，大战虽然已经停止了好几年，可是那大战所炸毁的青年男女，至今还是负着伤痛在过着苦闷的生活。这部长篇，写作的时间虽然先于《再会吧武器》，故事却是在《再会吧武器》以后的四五年。

主角是一个叫做杰克的战后青年。他在巴黎的餐馆里碰到一个叫做勃来脱的女子，他所以和她勾搭，是“为了一种虚幻的感伤的思想，只是想找一个女人来一同吃顿饭而已，”当她表示很看得上他的时光，她说：

> “你这个人倒不差，可惜你有些病。我们很可以合得来；你究竟有什么心事呢？”
>
> “我是在战争中受了伤的，”我说。

这一个心灵受了创伤的杰克，是一个住在巴黎的美国人。当时他有许多朋友住在巴黎，都是彷徨无定而找不到出路的失望青年。这许多朋友中，后来有的单恋上了勃来脱，有的和勃来脱同居，勃来脱也是一个典型的战后少女，她对于爱情，从来都把他当做游戏看的；但是她和杰克之间，却有一种精神上的同鸣，这并不是男女间的恋爱，而是人类生活中最可宝贵的友谊。

全书故事的重心，是写在西班牙庙会里他们大家都来赶热闹，看斗牛。受海敏威思想支配的勃来脱，背弃了她的伴侣——康（Cohn）而爱上了一个年轻勇敢的斗牛士了。热爱了不久，为了她觉得她自己已是一个三十四岁的徐娘，而那斗牛士不过二十岁，她不愿意做一个破坏一个有为青年人的坏女人，当她的良心触动以后，她就回到杰克怀中去，这一对被时代刺伤的男女，就重新生活下去了。

假如说海敏威是迷落的一代的代言人，那么，这一本《太阳又起来了》比《再会吧武器》更能看做他的代表作。因为前一本书只写到大战中的创伤，在这本书里，这创伤是跟了时间而愈益深刻。前一本书里，我们只有亨雷和卡萨林两个人是看得清楚的；在这一本书里，我们看到的是住在巴黎的一大群战后的苦闷青年：这一群人就是战后的那群美国文艺青年的化身。

当时到巴黎去找求思想上出路的青年很多，这些文学青年到巴黎来，大都到一位久住巴黎的美国婆婆裘屈罗·斯坦因的沙龙去，安特生，依立奥脱，麦克阿尔蒙（Robert MacAlmon），勃尔那·法伊，帕索斯，费格慈拉尔德，都是她的门下客。海敏威到巴黎来是在一九二〇年光景，那时他还只有二十三岁，他在当一家报馆的欧洲通信记者，对于文学还没有存什么野心。有一天他带了休伍·安特生的介绍信去看裘屈罗·斯坦因的，据《托克拉斯自传》上说，两个人谈得很投机：

> 他和裘屈罗·斯坦因常常一块儿散步，讲许许多多的话。有一天她对他说，你看，你说你和你的妻子大家都有些钱，假若你平平常常的靠了她生活，是否足够了呢？他说，够的。她说：好的，那么这样下去，假如你永远做新闻工作，你永远不会看到真事物，你只看到一些字眼！假如你要做一个作家的话，那是不够的。海敏威说，他是毫无疑问的要做一个作家。①

海敏威就这样在斯坦因的影响之下开始他的创作生活，而斯坦因对于斗牛的热爱，后来也传染到海敏威了。

四

读过海敏威作品的人，都知道他作品中有许多篇是

---

① 见 Gertrude Stein's The Autobiography of Alice B. Toklas P. 262.

讲斗牛的：《太阳又起来了》中最精采的几章，就是讲西班牙庙会中的斗牛；他最出名的那篇短篇《常胜将军》（The Undefeated）完全讲一个斗牛士的悲剧。《我们的时代》中的许多插话，后半部几乎全部讲他在西班牙看斗牛的记录，勃来脱也是看上斗中。至于他最近所写那部《午后之死》（Death in The Afternoon）是一部专讲斗牛的书；既可以把他当西班牙的游记读，也可以把他当斗牛指南读，更可以说是海敏威的一部含有哲学意味的大著。

海敏威在大战场中所受的影响，在《再会吧武器》以及《太阳又起来了》的两个长篇说部中，读者已看得很清楚。是这样一个硬心肠的人，把所有近代文化以及社会传统否定了。正如考莱（Malcolm Cowley）所说："大战把我们从根上掘了起来，把我们从我们的阶级和我们的国家里割断下来，他教我们对于一般的人生取用了一种旁观者的态度，又鼓励我们去写那老题目，那简单的讲爱与死的题目……而斗牛也许可以在情感上替代了战事的。"①

海敏威到西班牙去看了几年的斗牛，把他研究所得，写了一本四百五页的斗牛书，就因为：

---

① 见 New Republic Vol. 73 P. 76-77 M，Cowley's A Farewell to Spain.

> 现在大战已过去，你要看到生与死就是说暴毙的唯一地方，便是斗牛场了。所以我很想去西班牙研究一下，我是预备从简单的事情里去开始写作，而最简单而最根本的事情莫过于暴毙……因此我到西班牙去看斗牛，我预备为我自己把他写下来。我想他们一定是很简单，很野蛮，而又残暴得我也许不喜欢他们的。但是我至少可以看到一些确定的动作，这些动作就可以给我所追求着的那种生与死的感觉。①

本来生与死的感觉，最丰富的莫如在大战场上。但是海敏威在战场上的时光，因为自己也和生与死在赌博着，所以在战场上的经验，只看到死的陈列，而没有观察到生与死的挣扎。他说：“我眼见过许多简单的事情，许多我所记得的这种简单的事情，但是因为自己也参加在里面……我就没有像一个人去细细研究他父亲的死一般细细的研究过。”当他在裘屈罗·斯坦因那里听到她时常和托克拉斯去看斗牛，他自己去看了一次以后，便即刻对它发生了浓厚的趣味，因为在斗牛场上，他才重新看到了和战场上同样紧张的生与死之挣扎了。

---

① 见 Death in the Afternoon P. 10.

“斗牛的所有目的和集中，是最后用箭的一刺，那便是真理的一刻（The moment of Truth）”① 《午后之死》中最注重的那“真理的一刻”，就是人与牛在相互撕杀中的最后的一刹那：勇敢的野牛颈项上受了四根箭伤，又跟了红布，奔波了许多枉费的路程，到斗牛士把箭插入它的颈项去的时光，他就用尖利的牛角来挑那斗牛士的胸腹；这一刻生死关头的紧张状态，在海敏威看来正像是战场上两个军士到了肉搏的时光，不是你死便是我活一样的值得研究。

海敏威的热爱斗牛除了找寻生与死的感觉以外，和他热爱拳斗，狩猎，运动一样是自然主义者的表现。

从大战所受的刺激，使他对于现代文化抱了一种厌恶的态度，他觉得一切现代人的斯文行为都是一种虚伪，而一切不顾外行但求内心的思想，更把所有的天真都失掉了。这一点我们已在前面谈过。为了反对这种现代文明，他就主张把人生归还到简单的生活中去，不要思索，不要文化，只要听了官能的命令而动作。费迪门（Fadimen）批评海敏威的文章里说“……崇拜他的反应，推重一切不被内省所损伤的任何动作，他回到初民的，甚至粗暴的去，因为在这种地方，他才找不到欺骗他的那

① Vita Sackwellwest 的书评 Weekend Review。

种文化的存在，……他把他的信仰不放在复杂的文字里，而放在简单的事物上，他抛弃一切带有玄学的或是道德味的辞句，而和酒醉的打手，杀人者，运动家，以及一切和他们时代的生活的主要潮流不发生关系而过着官能感觉生活的人来往，去体验他们的经历。”①

因此他许多短篇中的人物都是这一个传统的：短篇杰作《杀人者》（The Killer）中的强盗，《海变》（The Sea Changes）中的男子，The Battler 中的流浪人，他们的生活，没有受到现代文化的摧残，而他们的情感也和所谓复杂的文明人不同；他们是单纯的，直截的，不思索的。海敏威崇拜斗牛士，就因为……“没有人像斗牛士一样永远的向上生活过。”

五

海敏威写这一种官能上的行动者，一面是站在反现代文化的立场上，一方面就以为假如社会束缚失掉了它的力量，求胜利的希望也死了，一切的哲学也没有用了，那么这一种官能上的动作，至少是一种逃避，一种安慰；这一种不含任何目的的动作，从身体的激烈行动中给读者一种抛弃实际问题的逃避。

---

① 见 Nation Vol. 163 P. 64 Clifton Fadiman：E. Hemingway，An American Byron.

《二心河》(The Two-hearted River) 的短篇，就讲一个到瑞典去钓鱼的尼克。故事是再简单也没有，就讲尼克脱离了杂闹的都市到郊野去钓鱼，但是全篇小说中，满含着一种远离尘世的氛围：

> 他在路上走着，那个重大的包袱有些觉得痛，路慢慢往上升。走上山去真是一件苦事情。他的筋肉发痛，天又是热。但是尼克很高兴，他觉得他把一切事情都丢开了，不必思想，不必写作，也不必做其他的事务，所有的事情都抛在身后了。①

最近还在古巴沿海捕鱼的作者，就和尼克抱着同样的“不问世事”的态度的。本来要教海敏威去面对现实，去“拯救世界”，他是不肯干的。在《午后之死》的最后，他说：

> 最伟大的工作是要留之永远，做好你的工作，看，听，学习，了解。当你有所知道的时光，你就写下来，谁要拯救这世界的，让他们去拯救。你只要看得清楚而完整的；那么，你所写的一部分，假

① 见 In Our Time P. 181.

如写得真实，也就可以代表整个了。①

这一段话，海克（G. Hick）就批评他说："拯救世界好像对于海敏威是没有关系的。假如你被世事所烦恼，逃避到一个人的动作里去，假如个人的动作结果也没有用，那么就喝酒，或是跑冰，性交，或是看斗牛。可是从逃避到屈服，从躲闪到软弱是有个分界点的。《午后之死》里已经显示海敏威离开这一点已经不远了。"② 最近一九三四年十二月的《阿思规亚月刊》（Esquire）上海敏威有一篇叫做《一个老资格的新闻记者的谈话》里，他在述说他的写作方法以后，他说：

> 天下最难的事情是写关于人类直白的忠实的散文。最初你应当知道题目，第二你应当知道怎样写法，这两件事情都得费毕生的心力。把政治当作出路的人，都是骗人的。否则是太容易了。所有的出路都容易，而写作的本身倒是一件难事情。③

从这段话里，我们就可以看出海敏威是一个如何的艺术

① Death in the Afternoon P. 261.
② The Great Tradition P. 277.
③ Esquire Dec. 1934 P. 26.

至上主义者。

六

海敏威在近十年中跃登了世界文坛，他技术上的成功，确要占到一大部分的力量。他的每一篇小说里，简直都是最好的散文，简洁明朗，清新可读。海敏威的文字，有人把他和赫特生（W. H. Hudson）比，有人把他和康莱特（Joseph Conrad）比，有人把他和华尔脱·彼得（Walter Pater）比。虽然他的作风绝对不能在这三个人中找到什么相同点，可是他们同样都是散文界中伟大的天才。

海敏威在文字上是一个革命作家，当时在巴黎出的一个不用大写字的同人杂志《横断大西洋评论》（Trans-atlantie）就是海敏威编辑的。他和马杜克司·福特（Ford Madox Ford）麦克阿尔蒙都是跟在斯坦因背后共同努力去打倒英文的旧传统的功臣。

斯坦因在文字上的革命工作，海敏威自己也承认受到过极大的影响。但是到了最近的数年，斯坦因反走回比复杂还要复杂的单纯里去，所以她的后期作品，反变做了超写实的怪物，而海敏威在个人关系上和斯坦因断绝以后，他的作风，也清除了斯坦因初期文字实验所存的渣滓；那种明快的叙写，有力的对话，为了意像的新鲜，用字的高明，修辞的整洁，以及自然的韵调，已成为独创一格的文体家了。

马杜克司·福特批评他说："海敏威所用的字，每一个都感动你。像刚从清流里拾起来的石卵一样，他们生活着，发光着，每一个都在他所应在的地方。所以读他文章的感觉，像你在流水里看河底一样，每一个字都是按次的镶在那里。"① 本来一个伟大的小说家，对于他手掌中的文字是需要有创造性的结合和挑选的能力的。一个能写美丽散文的小说家，虽然用最平凡而简单的字，却为了运用的得法，反能产生生动的感觉和新鲜的意味。海敏威的作品中，不很见到古怪的字眼，但是每一个平凡的字眼，在他的手下，就成为一种 Gift，我认为那部《再会吧武器》的开头，是值得在这里抄下来的：

> In the late summer of that year we lived in a house in a village that looked across the river and plain to the mountain. In the bed of the river there were pebbles and boulders, dry and white in sun, and the water was clear and swift moving and blue in the channals. Troops went by the house and down the road and the dust they raised powered the leaves of the trees. The trunk of trees too were dusty and the leaves fell early that year and we saw

---

① 见 A Farewell to Arms 近代丛书本序文第十六页。

the troops marching along the road and the dust rising and leaves, stired by the breeze, falling and soldiers marching and afterward the road bare and white except for the leaves.

这段话假如译成了中文，就见不到它的好处，现在我们随便的读来，就在眼前映出一幕战时的景象：是迟夏的太阳，把河里的石块晒得发白，路上全是灰尘，军队走过时，他们扬起的尘烟，把路边的树叶都染上了粉。这一年，树叶落得特别的早，树叶跟了灰尘一起扬在空中，到军队过去后，路上除了树叶以外，一片尽是白色。全文中没有一个初中学生不识的字，然而写得多么美丽的散文啊。这开端短短的二三百字，早已把全篇故事的背境：表现后方的清闲，前线的激战，天时的变幻，以及书中主角的所在地，全部表露在读者面前。而文字音韵的清晰动听，更是海敏威作品的最大长处。

七

一个作家写小说，应当创造活的人物，而不是一些角色，所谓角色只是一种素描而已。假如能够使几个人物生活着，那么他的书里虽然并没有多少人，他的书倒很可能的是一个整体一个实体一篇小说的。……散文是建筑而不是室内装饰。巴罗哈（Baroja）的时期是早已过去了。一个作家把他可以在一篇贱价的论文里写的自己的思想，放在一个人造的角色的口里，也许可以多卖几个钱，可是不是文学了。①

这一段在《午后之死》中讲到关于写作小说的方法论。不但可以代表海敏威反对那种政治的宣传性的文艺作品，并且和单写小说中角色的下意识生活的心理分析家也站在敌对的地位。

我们已经在前面讲过海敏威是反对心理分析小说的人，他的人生态度既以为只要运动，而不要思想，那种最配写心理小说的细腻，冗长和复杂的笔法，也在情理之内的被他所厌弃了。为了要写活的人物，所以心灵的动作，都由官能的经验替代了它。他不大写他的人物怎样的想，他只写他们怎样做和怎样说。泼洛斯脱（M. Proust），乔也斯小说中的角色，从头至尾的在幻想着，在做着白日梦，在说着无言的独白；海敏威小说中的人物，便永远的在走动着，在谈话着。

① 见 Death in the Afternoon P. 183.

八

海敏威作品中对话的重要，读过他小说的人，即刻就能感觉到的。尤其是他的短篇，《海变》，《瑞士顶礼》(Homage to Switzerland)《简单的询问》以及《杀人者》简直就是一大堆的谈话录而已。就是那部专门讲斗牛的书，在许多章的后面，也有作者和一位妇人的谈话。他们讨论赫胥莱，讲生与死，讲斗牛士米拉的死，这样一本硬性的书里，海敏威依然滔滔不绝的在谈着话。

这些话海敏威用谨慎的选择和精密的布置，不但没有一句废话，而且在情调上抓住了这时代精神的。全书的故事有时就在谈话中推进，而读者的感情也就在谈话中紧紧的被他所抓住。杜温说：

> 在语调上和意识上，每一句话都合于时代性。他的角色，他们的话，动作以及反应，都是最时髦的。海敏威差不多把他们写得跟日常的谈话一样。他的写作方法的最大的长处，便是他简直什么东西写得像我们所见的，我们所感觉的一样，和我们日常的谈话和思想同一个韵调。①

① 见 North American Review Vol. 232 P. 357.

海敏威所以得到战后美国读者的欢迎，故事的动人，当然是获得共鸣的一点，他那种有力的流利的和明快的对话，更是成名的一大理由。

这一种在对话上的特长，一大半得之于他在新闻记者生涯中的修养。在大战以前，海敏威是《凯塞斯明星报》的记者，大战以后是加拿大报的驻欧红记者。他记述当时近东的战事以及希腊人的革命，用生动的笔墨，获得了读者的赞许。以后又到巴黎做哈斯脱新闻系的记者。这几年新闻记者的经验，使他每天练习适合近代人口味的文笔，才使他后来写成许多近代的散文，用最经济的文字，“报告”最复杂的情绪。

九

海敏威的许多短篇，是常被一辈惯于读传统小说的人所误解的；他们觉得这些不是短篇小说，而只是散文一类的东西：既没有故事，又没有峰点和结束。像《午后之死》里，作者讲了一段没有结束的故事书中，那位老太太有些不满意，她就发问：

> 故事就这样完了吗，岂是没有像我小时光所知道的那种后面有大团圆的吗？
>
> 啊，太太，我在故事后面加结束，那是好几年

以前的事情了。[1]

要用这位老太太的目光去批评海敏威的小说，有许多简直连故事都没有的。像一篇叫做《一处干净明亮的地方》（A Clean Well-Lighted Place）的短篇，写一个咖啡店休息以后只有一个老年人好久的不肯回家去。两个侍者大家谈着这个老年人，其中一个侍者是年轻娶妻的，他以为那个老年人是喝醉了酒，才迟迟不走的；另外一个年纪比较大些的，他懂得这个老年人的寂寞，便很同情他。到休息以后，老年人也去了，年青的侍者也去了。

“那个（同情）的侍者便扭熄了火，继续的对自己谈话。他懂得了那个老年人是充满了虚无之感的 Nothingness，一切都虚无了，人也是虚无的。就是这一种感觉，使他苦闷，使他流连于这个有灯光而清洁的酒店里。有些人长住在这里，就不知不觉了。……”故事是没有的，但是那一位酒客，给这位同情的侍者一说，就显出是一个如何寂寞的老年人，而这一个侍者的心境，也可想而知。其他如要生儿子的《依立奥脱先生和夫人》，（Mr. and Mrs. Eliot）；有了丈夫而失恋才把猫来做象征的《雨中之猫》，（The Cat in The Rain）都是最好的小说。这一种小说，我们也可以称他做速写。

---

① 见 Death in The Afternoon P. 174.

海敏威是一个新闻记者出身的散文家，所以他的速写写得特别的忠实而动人。他用最经济的笔法，最有力的对话，把现实社会中一两件值得写下来的事情素描下来。那里有讽刺，有怜悯，有同情，而全篇的氛围，最能给你一种确切的感觉，这一种感觉，是你的官能所告诉你的。

> 所有的好书都是一样的，他们比他真的发生过的事情更真实。你读完了以后，你就觉得一切的事情，都是你自己身受了的。以后一切都属于你，好的，坏的，高兴的，悔恨的，苦痛的，所有的人，地方以及天气。假如你能够做到，你能把他交付给读者，你就是一个作家了。①

这一个批评的标准，正可以拿来用在他自己的作品上，他的作品，确是什九能够得到这种效果的。

一九三五，五，十三。

---

① 见 Esquire Dec：P. 26.

福尔格奈

一

大约是几年前的事情，欧美文坛上充斥着一种原始主义（Primitivism）的作品，大都用未进化土人的野蛮生活作为主要的题材。作者们把那些土人写得那样的残暴而凶恶，既给了读者一种新鲜的刺激，又使白种读者获得一种种族上的满足：觉得天下只有有色人种，才会干出那样野蛮的勾当来，白种人的恶性的本能，早给文化的力量所消灭完了。

可是近几年来，在急速没落中的文明社会，那袭文明的外衣，逐渐的剥落以后，人类的兽性，跟了生活的逼迫而自然显露。尤其是资本主义的美国，一切过去束缚这文明社会的道德宗教法律，都失却了他的效用。恶棍暴徒，充塞在他们的社会里，比原始的土人更残暴更凶恶的事实，每天布满在新闻纸上。这一种混乱野蛮的社会现象，就有一部分作家，拿来作为写小说的题材。

从描写菲洲土人的原始生活转向到现代社会里的残暴风尚，勃泼谛司脱（Hernekin Baptist）那部《四个漂亮的女黑人》（Four Handsome Negress）是部媒介的作品。这一部书，讲四个在菲洲海滩边上洗澡的天真的黑女，怎样被葡萄牙轮船上的水手，用了强迫残忍的手段去共同奸污的故事。勃泼司谛脱同样取用菲洲土人的题材，可是反写白种人的残暴，和菲洲人的天真，是一个值得注意的转变。这里要讲的福尔格奈（William Faulkner）就是一个和勃泼谛司脱相似的专写在溃烂的文明社会里白人们所干的残暴故事的新进小说家。

福尔格奈是一个新名字。到近四年来，从他那部代表作《避难所》（Sanctuary）出版以后，就被批评家看做美国年青作家中一个了不起的人物了。海克（Graville Hick）已在他的《大传统》里把他和吉弗斯（Robinson Jeffers），克勒趣（Kiutch）并列为今日的三大悲观作家。华尔特门（Waldman）在批评美国小说之趋势时，说福尔格奈的天才和社会意识，也许不及刘易士（S. Lewis），但是他已经进展到一种将来会在美国产生的小说的纯粹艺术路上去了。

福尔格奈的获得如今的估价，经历过三个不同的时期。第一时期从开始写作到一九二九的《沙套列斯》，专写战争小说。第二时期一九二九至一九三〇，是受到弗洛爱特心理学说的影响而从事于心理分析的实验作品。第三时期是一九三〇年到现在，用侦探小说的方法站在自然主义的立场上写溃烂社会中各种残暴的故事。

二

他是美国南部密西西比州立泼莱（Ripley）人。生于一八九七年。在奥克斯福（Oxford）地方的大学里念了二年特别生。被世界大战驱入了加拿大飞行队。驾驶战机，出入云霄，有一次从飞行机上跌落下来，受伤以后，便抬入医院去修养。因为神经大受震动，停战后隔了许久才复原，在密西西比大学内当了一度附设的邮局长，为了不能尽职，便离开密西西比。当他想到欧洲去的途上，碰到了美国大小说家休伍·安特生，以后便住在安特生的家里。他自己说“他叫我写小说，我本不想做工作，做个作家倒也不差。六个星期以后，我便告诉安特生已把小说脱稿了。他就答应写一封信给他的出版家立浮拉爱（Liveright），他虽然自己没有念过一行，可是他告诉立浮拉爱，说这是一本好书，不应当错过机会的。立浮拉爱就把原稿接受了。”这部处女作，一大半是他自己的生活经验：讲一个从世界大战场上回来的飞行员，神经受损，肉体上也大受创伤，经过许多痛苦而归结到死路上去。全书中充满着战争的恐怖，表示接受的人生观和反抗的人生观同样的无济于事。这一部开始福尔格奈创作生活的书，便是《兵士的酬报》（The Soldier's Pay）。亚诺·本奈脱（Arnord Bennett）批评这本书说："福尔格奈是一个有希望的人。他有无穷尽的新发见，有力的理想，描写人物的可惊的天才，对话的成熟的技巧。一般的讲，是写得像个安琪儿。"

《兵士的酬报》出版后三年，又一部写战士归家的书《沙套列斯》（Sartoris）出版了。福尔格奈为了纪念安特生提拔之功，所以这部书是献给休伍·安特生的。书前写着这样几句话："由于他的好意，我的第一部书得以出版，我相信这第二部书一定可以使他对于那件事情并不后悔。"

书的开始一章，就讲沙套列斯的祖先在南北战争时代如何的为了粗野和不谨慎而被敌人的一个厨子所杀死。及后就讲到沙套列斯家里那位年老的祖父。现在只有二个孙子：一个叫做约翰的，不久以前在欧洲战死；一个叫做巴亚特（Baryard）的，很疲乏的刚从战场上的飞行队里回来，为了眼看到他哥哥被炸弹炸死，精神上受了极大的创伤。第二章写巴亚特回到家里以后，那种平静的生活，对于一个深受战争打击的人，怎样也过不惯。于是他买了一部汽车，用最高的速度，每天在车轮上找刺激的生活。当时他的姑母就觉得不管他是否会葬身轮下，叫他养个儿子先替沙套列斯一族传个种才是道理。可是巴亚特对于这件事情很冷淡。有一天，巴亚特到马背上找安慰，结果从马背上跌了下来。在第三章里巴亚特追求“激烈的破坏”（Violent Destruction）的情绪，终于使他跟了汽车倒翻在河浜中。在养病期间，他情人娜雪塞（Narcissus）热情的看护他，可是徘徊在他脑海中的，只有看见他的哥哥在战场上跟了泥土飞上空中去，又像一阵云雾般跌落在地上的幻觉。这种战场上的恶梦，怎样也不能摆脱尽。他虽然口头答应了娜雪塞不再开快车，但是用什么方法去安定他那震坏了的神经呢？第四章里，巴亚特伴了他的祖父一起开汽车，不料汽车中途又肇了祸，便把老祖父的性命也送掉了。巴亚特再也不能在家里住下去，便依旧去加入航空队过飞机上的生活。最后的一章里，当娜雪塞正在替沙套列斯产生又一代儿子的前一天，可怜的巴亚特，就在半空中结束了他短促的生命了。

这一部书可以说是福尔格奈的自传，也可以说是大战后青年思想的写照。因为不特巴亚特和福尔格奈同样是飞机师，巴亚特那种精神上的变态，正是战后青年人的普通现象。他们最宝贵的青春日子，既荒废在血腥的战壕中，被大炮和炸弹轰炸的结果，幸而安然回家的人，早已过不惯平静安稳的生活。于是过去四年来破坏的恐怖的经验，使他们盲目的去追求另一种身体上的刺激，来解脱精神上的苦闷。代表这“迷落的一代”的海敏威就主张：“假如一切都失败了，假如社会束缚失掉了他的效力，求胜之心也死了，一切哲学都没有意义，一切哲学都同样是徒然的，那么动作还是存在着——并不抱有什么目的的动作，而是为动作本身的那种不思想，不考虑，可能的是身体上冒险的动作。”我们在海敏威的小说中，可以看见他的人物在斗牛，拳击，钓鱼，性交等等；在《沙套列斯》里，就成为巴亚特的骑马，开汽车，开飞机。海敏威和福奥格奈同样是抱着深沉的悲观主义而企图在富有刺激性的动作中，去替已受损伤的神经找寻出路的。可是福尔格奈的最大的成就，并不在乎这二部早期的战争小说。门生（Gorham Munson）在《战后之小说》（Out Post-War Novel）里，说“照目前的情形看，海敏威的时髦性已经开始萎谢了。在美国小说家中，另一颗新星已在升起。他是福尔格奈……我们虽然可以看到他很受乔也斯，弗莱克（Wal-do Frank），安特生的影响，但是那没有关系的。他的散文有他自己的特点，他是一个高出于海敏威许多而有他自己特长的文体家，在力量和小说的氛围方面，也胜过费兹格拉尔特（Fitzgerald）。在他的风格中，有他的泼力，可惜形式上并不如何的成功，他所取用的题材都是惊心动魄的戏剧，可怕的故事和变态的人物。”这许多话，我们可以从第二时期所写的《声音与愤怒》（The Sound and The Fury）和《我在等死》（As I Lay Dying）二个长篇里得到一部分的证明；而最近四年间所写《避难所》和《八月之光》（Light in August）里，更使我们相信福尔格奈确是一个比海敏威更有希望的人物。

三

和《沙套列斯》同年出版的《声音与愤怒》是一部足以称为在现代文学中最大胆的实验作品，也是他第一部写残暴故事的小说。全书的背境是美国南部一家败落的中等家庭。用四个不同的视角写这一家过去的历史和目前的情形。

比较上最难读懂的第一章，是用第一人称纯粹描写一个患疯病的彭杰（Benjy）在他诞辰那一天里，由于各种感觉上的刺激而发生的对于过去三十三年间家庭琐事的联想。我们从他片段的联想中，知道这一家人家一共有四个儿女，父亲早已去世。这位年纪已近三十三岁而思想行动还给四五岁小孩没有分别的彭杰是最长的一个。他从小就暗中爱上了他的妹妹卡代（Caddy）。当一九二八年四月八日（这一个日子就是第一章的章名）那一天，和管家妇的儿子勒士脱（Luster）在郊外游玩，勒士脱把一个角子失掉了。为了想到晚上不能去看戏，便拉了彭杰到各处去找。他们走到公园的篱笆那里，彭杰把手触伤了那只钉，勒士脱骂他小心自己的手，彭杰就想到小时光在圣诞节前夜，卡代如何叫他把手放在口袋里不许伸在外面受冷的往事。他们走到马车间，他就联想到几年前，怎样坐了马车躺在母亲怀里被路人耻笑的往事。勒士脱叫他到水里去玩，他就联想到卡代七岁那年，怎样和她兄弟俩互相泼水为戏而去诉告他父亲的故事。他想到怎样被父亲所不喜欢，怎样被母亲所溺爱，他怎样变态的恋上了他的妹妹卡代，晚上卡代如何伴了他睡，他觉得他的妹妹有一股“像树般的味道”(Smelled like tree)。那一天勒士脱角子没有找到，借也借不着。晚上勒士脱一个人偷偷地爬出窗外去了。

这一章里，叙写事实的只占全章四分之一，其余的都是这一位神经错乱的人由见物思情而起的联想。他从甲的感觉联想到甲的往事，又从乙的感觉联想到乙的往事。从“现在”跳到“过去”，又从“过去”跳回到“现在”。作者在时间的分别处，就用斜体文（译文用仿宋体）作为区别的标记。

好像四月八日这一天晚上，正当这位疯子三十三岁的诞辰宴。福尔格奈便用二种不同的字体描写彭杰的联想：

> 勒士脱对我说：“你不要把蜡烛吹掉，看我来吹灭它。”他俯下头去一吹，蜡烛就熄灭了。我便哭起来，勒士脱说，不许响，我割这块蛋糕时，你看着这灯火。
>
> 我听见那只钟，我听得出卡代就站在我的身边，

我听得那屋顶。卡代说，雨还在下着，我真恨那雨，我恨一切的东西。于是她的头倒在我的膝上，抱着我哭起来，我也禁不住哭了。我再看看那灯火，那光亮的齐整的身体又在移动着。我可以听得见钟，屋子和卡代。

我吃了几块蛋糕，勒士脱的手又拿去了一块。我可以听得见他在吃。我又向火望着。

由诞辰蛋糕上的蜡烛听到勒士脱叫他望着灯火，由灯火便想到卡代，在某一个雨夜和她互拥痛哭的往事，最后又回到灯火上去。这一种描写心理的方法，作者叫我们从字体上去分别它。（福尔格奈在《八月之光》里也用斜体字写联想和回忆。）

第二章也是用第一人称写十八年前有一天里（一九一〇年六月二日，也就是第二章章名，）那位疯子的哥哥叫做昆丁（Quentine）的在哈佛大学念书。因为和疯子同样热恋着他的妹妹卡代，卡代却已在这一年四月二十五日嫁给了海特（Head）了。他因为内心的烦闷，在这一天里，离开了寄宿舍，在路上徘徊着，碰到了每一件事物便联想到过去许多不快意的往事：海特如何用金钱去威逼他，卡代如何的和他相爱。福尔格奈写了许多像斯坦因式的另碎文字，表示这一天昆丁的混乱的心理。最后这一个儿子就在哈佛大学自杀了。

第三章又重新回头来写第一章的前一天，就是一九二八年四月八日疯子诞辰的前一天。写疯子彭杰的弟弟琴孙（Jensen）那个最粗暴的家伙，如何管束卡代的女儿的故事。原来卡代出嫁以后，生了一个女孩子，她的名字为了纪念她所私恋着的哥哥，所以也叫做昆丁，昆丁在学校里不但不用功，更充当暗娼。琴孙舅舅便去侦探她的行为。同时琴孙把他甥女的财产用欺骗的手段占有着。这一章完全用琴孙的口吻述说他在家庭中，是如何的一个重要人物，他的母亲，也不敢说什么话。他对于甥女昆丁是预备用暴力来管束她的。

《声音与愤怒》的第四章是全书中写得比较最客观的一章。章名是一九二八年四月八日，即发生于第一章后一日第三章后二日。卡代的女儿终于跟了一个戏场中的演员私奔了。她打破了她舅舅琴孙的房门，把他所盗用的金钱以及一切契约，不留只字地完全偷了回去。琴孙追到戏场上也没有找到她，警察也不肯帮他追寻，他就只好丧气的归家。

一个疯子彭杰，一个自杀者昆丁，一个粗暴的骗子琴孙，一个热恋同胞兄弟而早年去世的变态女子卡代。这四个病态的儿女，就组织成了这一家败落的家庭。全书的故事虽很简单，可是福尔格奈把时间缠得像是一堆乱麻般，尤其是前二章里主观的“意识之流”的写作法，以及乔也斯式的文体，虽然休士（Richard Hughes）

说："这本书最重要的特质是像读诗般，可以一遍遍读下去，而每一次会有不同的心得，像是又一本新书一样"，可是这一种混乱的形式，只可以当作一种试验品而不能获得较大的艺术效果的。

一九三〇年的《我在等死》是紧跟着一九二九年的《声音与愤怒》而属于同一类的心理的实验作品。写一个刚死的母亲，她的自制的棺材，由她的五个儿女和一个昏迷了的丈夫，伴着送上马车。经过了许多泥泞跋踄的路径才到了杰弗逊。福尔格奈片断的作法，用六十个不同的断片，写她的儿女丈夫和亲戚邻居等十五个人，对于这一位老太太的死的所见，所感和所忆。每一段里把看到的，想到的，和感到的合并在一块儿写。因为这一家"贫穷的白人"的家庭里的五个儿女，每个人都是生理上和心理上的不健全者，所以这篇故事的混乱，比《声音和愤怒》更使人见了害怕。

这一时期所写的二本心理分析小说，不特和早期的战争小说颇有区别，便是和后期的作品相比，也各不相同。原来心理分析小说当时盛行于欧美文坛，当福尔格奈追求适当的形式去安置那些残暴的故事时，他就和他同时代人一样受到了佛洛爱特的影响。拿《声音与愤怒》来看，佛洛爱特的中心学说是泛性欲观，把一切人的病态行为，都归之于 Libido 之作祟，而以性欲之潜伏为生命之原动力。《声音与愤怒》中许多精神上不健全的人物，就是佛洛爱特所谓性欲的罪人。造成这一家人败落的主要原因便是他们的姊妹卡代。她在整个故事里，虽然没有正面的出现过，但是她是整个故事的主角。彭杰的精神错乱，一半是为了对卡代之爱的不满足；昆丁的自杀，就为了卡代嫁了人的缘故；她又生了个遗传有她同样恶习的女儿，使她兄弟琴孙为了她而中心不快。这种乱伦的故事，完全是佛洛爱特理论的实验。

佛洛爱特主张用自由联想法去诊察患有歇斯谛里的病根而作为治疗的根据，好像由一个女子自由的说出蚯蚓，鳗鱼，钓鱼人，上钓，水仙子上钓，游泳，和姐姐姐夫出游，星落下来，落金子，花，鱼……等不连贯的联想，而去证明她是一度被人诱奸过的女子。福尔格奈也利用这种自由联想法，在彭杰这患有深度歇斯谛里者的一大堆联想里，使读者可以从他的下意识中清楚的看到这一家人在过去三十三年里所发生过的事情；在快要自杀的那位精神上发生大变态的昆丁的角色上，福尔格奈同样利用自由联想法，使我们虽然只看到这个哈佛学生一整天就徘徊在路上，可是从断片的联想中，明白他所以自杀的原因。

应用这一种故事的表面上所经历的时间只有短短的几天，而从人物的联想上，把空间和时间无限扩展的创作方法，乔也斯是最出名的一个。那本被称为二十世纪划时代作品的《优立雪斯》（Ulyssess），就是表面上只写二十四小时中一个杜勃林人的故事，而利用心理分析法把所有观察到的，感觉到的，幻想到的，回想到的，联想到的拼合在一起，写成一部的最复杂最主观的心理作品。

有人批评福尔格奈的《我在等死》说：“我们在这里所看到的故事，像近代的新奇画派中的艺术家那种歪曲的画布一样”。我想这不但《我在等死》为然，所有那种用意识之流写的主观的心理小说，都能使读者发生这种感觉。这一派在数年前曾风行一时的极端个人主义的心理分析小说，现在已被时间老人所清算掉了。

福尔格奈在这一时期所写的二部小说，题材上已经是惊心动魄的戏剧，可怕的故事，和变态的人物，可是取用了乔也斯的形式，所以并没有获得广大的读者群。要到福尔格奈写成了《避难所》利用了侦探小说的方法，他的作品才逐渐被人注意起来了。

四

能使读者情绪无限紧张的侦探小说（或冒险小说），近几年来，又被追求刺激的现代读者所热烈渴求。麦爱耳斯（Hamish Miles），就讲到大战前的法国青年，只喜欢看秽亵的作品，而现代的法国青年，就欢迎侦探小说（Roman Policiere）了；好像《侦探周刊》（Detective），便是目前最流行的读物。这一种趋势，可以说是世界大战的后果之一，也是文明社会在溃烂中的必然表现，和巴亚特到汽车飞机里找安慰，含有相类意义的。

《避难所》的得以获得读者们的欢迎，一则为了在这本书里，作者已抛弃了《声音与愤怒》里的那种极端的主观笔法而取用了写实的手段，二则福尔格奈把侦探小说里几种基本要点，聪明的应用到他的作品中去，正适合了在追求刺激的现代读者的口味。

《避难所》的开始，讲一个叫做板巴（Benbow）的律师和他的夫人闹了架，想到杰弗生地方去。途中碰见了一个酒贩子卜贝（Popey）。（一）卜贝领他到他们的密窟里去，他在那里又认识了一个汤美（Tommy）和密窟的主人高特温（Goodwin）（二）。第二天，板巴到了他寡居的姊姊的家里知道这一位儿子已近十岁的寡妇，最近和一个大学生高范（Gowan）正打得火热。（三）其实高范另爱一个女学生。在星期六晚上，这一位年纪只有十八岁的少女邓波儿（Temple）便偷偷的离开了校舍，由喝得酩酊大醉的高范驾驶了汽车开到郊外去。在野地里，碰到一棵倒在路上的大树遮断了去路，汽车既闯了祸，不能再向前行。（四）高范便伴了邓波儿到一所小屋里去打算借车赶回杰弗生。这一所小屋，就是板巴所到过的密窟，也就是高范所时常光顾的酒店。（五）高范进了门，就和卜贝二人继续去饮酒。邓波儿的劝告反受到他的诅咒，她躲到厨房里，就碰见了屋主高特温。（六）高特温的女人很知道这样一个女学生到这里来是会受亏的，就叫她快些回去，可是找不到机会。（七）吃晚饭的时光，高范已醉得不省人事，在食堂里卜贝和许多人向邓波儿调戏。高范虽然想替她解围，却被卜贝所痛击。当时高特温叫邓波儿一个人去先睡，不到一刻，他们把受了伤的高范也扛上了邓波儿的卧榻。高特温把一伙人喝走以后，就叫汤美看守着，不许人进去胡闹。卜贝几次想掩进邓波儿的卧室去，都没有达到目的。（八）过了一回，高特温的女人便偷偷的把她领到马棚里平安的躲了一夜。（九）第二天早晨，高范醒来以后，虽然很想把邓波儿送回学校去，但是为了怕见邓波儿和他们一群人的面，就一个人溜走了。（十）邓波儿很迟才起身，她看见卜贝还是远远的守望着她。（十一）卜贝对于邓波儿的野心还没有死。（十二）终于卜贝把看守的汤美枪杀以后把邓波儿奸污了。（十三）到高特温夫人看见汤美被人暗杀后，卜贝和邓波儿早已坐了汽车到曼非斯城去。屋主高特温就被警局拘了去，说他是谋杀汤美的主犯。（十四）故事回到板巴身上去。板巴把他在路上碰见高特温和汤美，卜贝的事告诉他的姊姊听。（十五）当板巴知道了高特温被拘，这位律师便自告奋勇的设法先把高特温的妻子安插在旅馆里。（十六）他从姊姊那里，看到了高范写给她一封信，高范在信上自悔做差了一件事，表示他不能再来看她，于是板巴才知道把邓波儿引诱到高特温家里去闯下大祸的就是高范。（十七）他便搭车到学校里去打听邓波儿的消息。路上碰见一个老友斯诺泼(Snopes)，也曾和他谈起这件事情。他在学校方面所得到的消息是她早已脱离学校了。（十九）（二十）在另一方面，卜贝把邓波儿领到曼非斯地方一所妓院里去，托给一个鸨妇叫她看管住。他请了一个医生来替这位处女医治了一下，又继续奸占她。（十八）斯诺泼在曼非斯地方无意的在那所妓院里碰到了这位被奸占去了的女学生。（廿一）便把这消息告诉了板巴。（廿二）板巴便自己去看邓波儿，邓波儿把强奸的那一幕，很婉转地叙说了出来。板巴就要求邓波儿在高特温案件开审的那天，把事实去向法官叙说一遍，使高特温不至白受冤屈。（廿三）这时邓波儿虽然和卜贝同居，可是又爱上了一个叫做莱特（Red）的青年，他们约好了一起私奔，可是被卜贝知道以后，那个青年就牺牲在卜贝的手下。（廿四）（廿五）到了高特温案件开审的那天，板巴满心以为邓波儿一定会把卜贝强奸杀人的实事在法官面前如约直说的。不料邓波儿受到卜贝的威逼，她在法庭上的供词，出人意外的竟直指高特温是杀死汤美而强奸她的罪人。于是无辜的高特温，终于牺牲在虚伪的法律下。（廿六——三十）这一年的八月里，卜贝因为杀死了一个巡捕的案件，在他回家省母的路上，被当局所拘捕，终于也送上断头台了。（三十一）

我依照了原书的顺序略述了如上的情节，读者就可以领略到故事中的侦探意味的浓厚了。那种视角的变换，峰点的安置在末后一章，以及在法官面前解决全篇关键的手法，和美国电影中的侦探片（Murder Case）同样的使读者获得极大的刺激。

这一本书的文体是福尔格奈作品口中写得最受人爱的一部。他已脱去了第二时期那种乔也斯式的字句，而独创了他自己的体材：溶合了乔也斯，斯坦因，海敏威，和安特生的，黑人的以及许多外来的影响而造成了他自己的风格。这一部书现在已列入许多流行的丛书，《近代丛书》Modern Library 里，也有这一本。斯屈浪（L. A. G. Strong）也称赞这一部书是二十世纪的一部伟著。

跟了《避难所》的系统而在去年出版的《八月之光》，也是一部带有侦探意味而暴露美国社会中一件骇人听闻的残忍故事的。故事的开始，是一个被奸受孕的乡村下女子莉娜（Lena）到杰弗生地方来找寻她那答应和她结婚的情人勃趣（Burch）。到了杰弗生，路人把勃趣听做了朋趣（Bunch）。便把她领到朋趣家里。朋趣把这一位孕妇暂时留住了下来，从她的谈话里，才知道这位女子的情人，就是这一天连合了叫做克立司麦斯（Christmas）那家伙把一个老处女勃顿小姐（Burden）杀死后放火灭迹的那个勃郎（Brown）。原来勃郎和做酒饭的克立司麦斯一起住在勃顿小姐家的小屋里。开始一起在厂里做工，因为贩酒发了财，就买了汽车，过着很秘密的生活。克立司麦斯每到了晚上，就跑到勃顿小姐的卧室里去。这样的已有了一二年的光景，当勃顿小姐受了胎，并且他发见勃顿小姐是那样的老，而她又把他当做她的奴隶般看待，于是在八月里的一天晚上杀死了勃顿而自己逃去了。勃郎看到克立司麦斯闯下了大祸，便想放火灭迹，当时被路人看见了去报告警局，勃郎便被拘了去。勃郎是一个头脑简单的人，当他听到有人悬赏一千美金去拘获克立司麦斯，便自告奋勇，说他可以找到他的同伴。不到几天，克立司麦斯被莫脱孙地方的人捕获了。那时莉娜正在生产小孩，朋趣便到警署去报告，要求让勃郎（即勃趣）来看看他的旧情人。勃郎被巡警喊去的时光，还以为是叫他去领奖的，当他看到了莉娜才明白了这回事。但是他放不下一千块的赏金，便一个人离开了莉娜，自己写了一张字条，叫一个黑人去向警局领奖。朋趣看到勃趣依然遗弃莉娜，两人便恶斗了一场，朋趣受伤回来，看到睡在床上的莉娜，不禁爱上了她。一个月以后，两个人搭了马车，离开了杰弗生。克立司麦斯的收场，是在解到杰弗生的时光，中途兔脱而被人用手枪射死的。

上面所讲的故事只是《八月之光》中一半的内容。可以说是八月里所发生的事情的叙述。但是福尔格奈在这部书中的重心，不在克立司麦斯如何谋杀勃顿，而在告诉我们为什么克立司麦斯要犯这样残酷的罪。福尔格奈在这里费了全书的一半篇幅，在提供一个社会问题，就是解释他小说中那些痴呆，凶暴，残忍的人物的来源。

五

我们在没有听取福尔格奈的解释之前，先来看一看这种描写人类中兽性表现的小说在美国是如何发生的。我们在本篇的开始，已讲过她是资本主义社会没落期中合理的反映。这里先让我们看一位汤姆生（Alan Reynald Thompson）的批评家，在讨论美国文学中最近盛行的那种“残暴风尚”（Cult of Cruelty）时，他说“在二十世纪的开始，美国的潘莱教授（Prof. Bliss Perry）还在说：‘美国的小说都是乐观主义的。他们的人生观都是善良的。那种时常煊染在英国的和欧洲小说上的不道德的污点，有时使得上演这种故事的英国或是美国的舞台说不出的卑鄙秽亵的东西，这种痕迹在著名的美国作家中，简直一点痕迹都找不到。’”可是三十年后的今天，为什么出了福尔格奈和悲观诗人吉弗斯呢？从乐观主义忽然变做了悲观主义，汤姆生说：“这一种变迁，有一半可以说是为了德谟克拉西的平衡政策以及工业主义的可怕的结果所造成的。但是最主要的原因，还在乎十九世纪的科学影响。最近有几位科学家自己也神秘起来了。但是我在这里并不想说科学家自己或是科学本身，而是说一般智识分子从这些原因所得来的结果。其中一个结果是基督教对于人在宇宙中地位的解释，不但事实上并且在象征上都已证明它是虚伪的了。人的产生不是依据上帝的意像，而只是一只较进步的猴子；不但不是长生不老而以人类为一切中心，反而是机械的机会主义的牺牲品。他的自由意志和他的事业，只像一辆没有车手的车子而已。这一种见解，在欧洲已呈很严重的现象，叔本华的悲观主义或是尼采的残忍主义的流行一时，就可以证明。但是那个时光，美国人只顾到垦殖荒地和扩充工业，所以乐观得一点都不愁。可是近几年来，特别是大战以后，我们也有时间和机会去好好的考虑，并且采用了这种科学的自然主义了。”①

对于这一种科学的自然主义观，汤姆生说有二种不同的反响：一种是对于人类发生怜惜心，哈代（Thomas Hardy）的小说，就属于这一类。另一种是不赞成怜惜而把残酷的故事，坦白的写在小说中，属于这一类的作家，十九世纪的法国有左拉巴尔萨克等。在美国小说家中最著名的，便是被称为“小左拉”的特莱赛，现在福尔格奈和吉弗斯的描写残暴故事，也是这一系统的承继者。

汤姆生把残暴小说的产生，作为十九世纪科学影响的结果而归之于科学的自然主义，这种说法是颇可疑问

① American 1631p. 480.

的。因为残暴小说的风行另有其他社会的原因，他是完全反映目前这溃烂社会中人性得不到正当出路而走向歧路上去的现象。用科学的自然主义，决不能解释这一种作品产生的原因。但是汤姆生批评福尔格奈是如此说，福尔格奈自己解释他小说中残暴人物产生的理由，也站在科学的自然主义的立场上。

福尔格奈在描写各种残暴人物的残暴行为以外，简直对于每个人物的父母血统，都交代得清清楚楚，尤其是他们的父母是如何结合的，父母一生干了些什么事；他童年的生活环境以及当时所受的深刻的印象。这些东西，常被当做全书最紧要的关键而详细的描写着。早期所写《沙套列斯》，已经明白的显露。福尔格奈以为沙套列斯一家人的不得善终，是由于在沙套列斯的血液里，就带了一种野蛮人（Savage）的成份。作者在没有开始讲述巴亚特的悲剧以前，就把他的祖先如何被人杀死的故事交代清楚，而在巴亚特死后最末一章的最末的几页里，又用很精细的笔调，描写一段巴亚特的姑母在沙套列斯墓园里看着许多每一代都不得善终的沙套列斯的子孙，而在奇怪巴亚特那个刚生的儿子，不知他的将来如何？她很知道这一位沙套列斯的儿子，既含有沙套列斯的血质，也逃不过他生理上的命运的。所以当娜雪塞把这小孩的名字改姓她自己的姓时，她的姑母就说：“这有什么用呢？你以为改了名字就可以把他变做另一个人吗……？你以为他的名字改做了板巴他就会不是一个沙套列斯，一个下流人，一个呆子的了吗？”

在《避难所》里，当福尔格奈把卜贝的恶行叙述到最末一章（第卅一章），告诉了我们卜贝如何的被捕受刑以后，他又追述卜贝所以犯罪的原因。福尔格奈告诉我们他的父亲是铁路局用来破坏一九〇〇年大罢工的奸细，母亲是一个百货商店的店女，两人苟合以后便宣布结婚。所谓结婚的生活，就是有时他父亲经过他母亲住屋的时光，揿了铃，由他父亲给她母亲一点钱，睡了一晚而已。不久以后，铃响听不到，他父亲也就永久的不回来。那时她母亲早就受了孕。卜贝出世的时光，也没有请什么医生。他们开始以为这小孩子是一个瞎子，后来才知道并不是；可是一直到四岁的时光，他才开始学话学走。他母亲又妍识了一个男人，结果被他骗去了一千四百块钱的积蓄。卜贝幼时，由他的外祖母扶养。可是这位外祖母又是一位神经非常错乱的人，她住的屋子失火了三次。最后的一次她自己放了火葬身在火窟中，幸而卜贝事先由她放在一个陌生女人的车厢里才得以生存。这位陌生的女人就把卜贝送到一个医生那里去检验身体。这位医生的回覆是：“老实讲，这一个小孩子是不会长大成人的，小心看护的话，也许可以活得长久些，但是他不会比现在更长大”。这个女人也就收养了他。她待卜贝很好，有一次约了许多小朋友，替卜贝开了一次小朋友的聚餐会。可是到小客人到齐时，卜贝却不见了。只看到浴室的门紧闭着，他们打开了门，只看见一只鸟笼里两只很可爱的小鸟血淋淋的躺在地上，笼边搁着一把带血迹的剪刀，原来卜贝把二只小鸟活剥剥的杀死以后，他从浴室窗口逃走了。三个月以后他被警察送儿童教养院去，他在那里又用同样的方法杀死了一只小鸡。就是这一个生来残忍的小孩，长大了变做《避难所》中那个恶贯满盈的主角。

在《八月之光》里，福尔格奈更用了全书一半的篇幅，来追述克立司麦斯这恶棍的血族以及他童年的生活，并且借了一个海吐浮（iHightower）牧师作代言人，说出了福尔格奈自己的人生观。我们从上面知道克立司麦斯把勃顿小姐杀死后放火逃走最后被捕处死，但是克立司麦斯为什么要干这样残暴的事情呢？有没有方法使他不这样做呢？作者使用很动人的技巧，在平面的叙述以外，夹写克立司麦斯的身世，又插入海吐浮的感想，来回答克立司麦斯能不能不这样做的问题。

福尔格奈写了莉娜寻夫，勃郎和克立司麦斯杀人放火以后，从第六章起到第十章止，就回头去讲克立司麦斯的童年时代的生活。原来克立司麦斯是在圣诞节晚上被弃在一家人家门口的私生子，由一个女厨司阿丽司管领大的。有一次这位女厨司和一个管门人发生暧昧，却被这一个拾来的孩子看见了，管门人恐怕泄露秘密，便把这个小孩送到孤儿院去。在孤儿院里，有一个麦欧庆先生领了他去做义子。那时克立司麦斯只有八岁，因为生性愚笨，常受鞭打。十五岁的时光，就同他的同学在野草堆里轮奸一个黑女，以后又偷用他义母的积蓄，结识了许多女招待。在跳舞场里，当他义父赶去向他规劝时，他义父当场被克立司麦斯击死了。此后他在外边流浪了十五年，才碰到勃顿小姐。从第十一章起作者便写克立司麦斯谋杀勃顿而终于被捕的经过。

在克立司麦斯被捕的那天，福尔格奈又插写了另一章全书最重要的关键，那就是克立司麦斯的血统的来源。原来克立司麦斯所以这样的凶恶残暴，是有黑人的血液在他的身上。当克立司麦斯被捕的那天，有一对老夫妇要求一个叫做海吐浮的牧师去替他们从未见过一面的孙子设法营救，这一对老夫妇就是克立司麦斯的外祖父母。外祖母告诉海吐浮说，她的丈夫是一个最喜欢打架的人。她生她女儿米莱（Milley）的那天，她丈夫正从监狱里出来。米莱十八岁那年，她和一个马戏场里黑种的墨西哥人在外边偷宿了一夜，第二天她就跟了情人私奔，她父亲便自己去拘捕她。这位墨西哥人死在她父亲的枪下，米莱也就不欢的回家。后来米莱发现自己受孕了，她父亲发狂般的痛咒黑人。小孩子产生以后，他外祖父就离家他去，隔了好久以后的圣诞节的前夜，他外祖父忽然回来把这私生子偷抱了去，隔了两天，他才回来，但是他怎样也不肯说出这小孩子是如何着落的，米莱便就此昏晕而死。这一个被他外祖父偷抱出去的私生子，就是圣诞节那天女厨司阿丽司在门口拾到的坏蛋，也就是长大了杀死勃顿小姐的凶手。

从上面所举的例子里，我们很可以见到福尔格奈那种自然主义的见解了。他以为巴亚特的不得善终；卜贝的强奸拐诱，假祸他人；克立司麦斯的杀人放火，无恶不作；并没有什么社会的原因，而纯粹是生理学上的关系。在巴亚特，卜贝，克立司麦斯的血液里，早已遗传得了野蛮残暴的血种，凭你个人有什么办法，他们是注定了要遭遇这样的命运的。在《八月之光》里，福尔格奈的态度，表示得更显明而详尽，他请牧师海吐浮做他的代言人。当克立司麦斯的外祖父母要求他设法营救时，牧师就很悲观的表示克立司麦斯的生死是人力所不能挽回的事。他说："并不是为了我的关系，也不是为了你的关系，因为我和你同样都是上帝的意志和报复心的一部分而已"。他以为人类的权力，逃不出科学的范围，他说："我知道的：一个人没有什么选择的机会，你的选择早已决定了的。在你出生以前，天已替你选择好，而在我或是你或是她出生以前，你早已接受了天给你的选择。你自己是没有什么选择的机会的。我想好的运命既应忍受，坏的运命，也得同样的忍受。这对于她，他，我都是同样，对于别人也是这样子。"

六

这一种见解，盛行于十九世纪的末期，法国自然主义小说家左拉，就是一个显著的代表。他写由遗传而使她倾向卖淫的安娜（《娜娜》），由酒精中毒者的父亲浪恬所生下的儿子，以及被情妇的癖气所缠着的杰克（《兽人》），这许多和卜贝，克立司麦斯类似的病态人物，左拉都用他遗传的和环境的学说去解释这些在病理学征候中的人物。这种生物学者的文艺理论，必然的产生悲观主义，而把一切的权力意志归之于人类以外的力量，必然的走上了命定论的路了。

但是充满在溃烂的文明社会中那些残暴野蛮的现代人，是否真如海吐浮所设想般都是前生注定的呢？把文明外衣剥落掉的是否真如福尔格奈所说般是那位主宰一切的上帝呢？福尔格奈的回答是不足置信的。我们读了福尔格奈的书，再去观察产生卜贝，克立司麦斯的实际社会，就可以获得另一种确实的解释了。

一九三四，十，一九。

杜司·帕索斯

一

美国想想界的左倾，在最近数年来，跟其他各国一样，已成为极明显的事实。十年前，乔治·苏尔（George Soule）在他所著那部《美国之文化》里，说过这样的一句话："从表面上看，过激主义，在今日的北美合众国里，是没有比它再薄弱的了。"① 但是这句话说了不到十年，过激主义，从底下冲到了上层，竟影响到全美的文学界。

这变动并不是出于偶然，事情是在一九二一至一九三二年之前，逐渐演进成今日的局面的。而发长的最显著时期，便是一九二九年。从那一年十一月起，到下年的六月止，美国人文主义者和左倾主义者曾发生过最严

① The Modern Thinker Aug. 1932 P. 339.

重的争论。虽然他们对于目前的情状，同样的表示不满足而主张改造，但是他们最大的差别点，还是在人文主义者主张个人的改造，而左倾主义者便主张社会的改造罢了。两方面争论的结果，许多右倾的和中立的作家，都向左边来，著名批评家威尔逊（Edmund Wilson）的改变态度，更是最著的一个例。

在美国左倾主义作家中，目前最被世人注意的，是一位年纪三十多岁的哈佛大学毕业生帕索斯（John Dos Passos）。这名字在中国人耳目中好像是生疏的一个，但是他的作品，在苏俄所有行销的外国作家中，却保持着最高的纪录。

帕索斯在一八九六年生于芝加哥地方。童年时，曾被带到墨西哥和比利时去，在英国和华盛顿，也曾逗留过一时。他的父亲是纽约的一位律师，祖先来自葡萄牙。他在哈佛毕业后，便到西班牙去专攻建筑学，当美国加入世界大战时，他投入救护队，后来在美国医务队里服务。休战以后，在西班牙，墨西哥和近东做新闻记者。当他在西班牙和葡萄牙的时光，就开始写第一部小说《三兵士》（Three Soldiers），一九二〇年完稿于巴黎。此后就陆续写了不少的剧本，小说，论文等，其中他最感兴趣的便是长篇小说，所以《三兵士》以后，便开始写第二部长篇 Mahatan Transfer 了。

帕索斯的被人注意，是在他写了《第四十二纬度》

（The 42nd Parerel）以后，到《一九一九》出版，他在美国文坛上的地位才确定了。

这二部作品是他预备写的三部曲中的前两部。应用了最新的技巧，写大战前后美国中下层人物的思想和生活的过程，从二十世纪的开页，一直到大战休战的一九一九年。每个角色在帕索斯的笔尖下，跟着时代的巨轮，在走向一条必然的途径。这二部书不但表现了作者对于整个复杂错综的美国文化，已有了确切的观察和锐敏的解剖，因而书中的人物，个个都显得是有血有肉的来往着；并且证明了帕索斯的企图，在用新的形式去表现新的社会结构，是今日一般新兴作家所极应努力的事。

二

打开帕索斯的书，给予读者的第一个印象，是他写小说所用的方法，和其他小说家根本不同。一般的小说家，大都把时代背景，时代的中心人物，作者自身的经历，和故事中的角色，完全打成一片的。帕索斯的特点，却在大量的把时代背景，时代的中心人物，作者本身的经验，渗入到故事里去，而把这三种增重故事真实性的东西，在形式上，各别的分叙；因为利用艺术手段的巧妙，使读者同样可以发生一种谐和的印象。

本来要描写一部现代人的实际生活的作品，笼罩着个人的时代背景是不可疏忽的，尤其是这二十世纪，个人的地位，假若站在高处观察，只像是浮沉在大潮中的竹片木屑，他的漂荡的方向，完全受着大潮的支配。这大潮就是按照着蜕变破裂复合的法则而进化着的社会。它的起伏和动向，主宰着一切人的命运。只是这一种时代巨潮虽是日夜不停的奔流着，他具体的形态，只能在日常所发生的一二件社会新闻和政治新闻里，几位要人的谈话里，或是一般民众无意间所吐出的俚言民歌中，看得到些微的面目。

帕索斯的小说，在每一章小说的开端，都有一节“新闻片”Newsreel：写这一个角色出现时的时代背景，包含当日新闻纸上的大题目，流行的歌曲，名人演说的断片。这些虽是零星的杂碎文字，可是经过帕索斯细心的编制，每一节新闻片里都暗示着这时代的特色，而全章新闻中，又有它联系的统一性。应用这一种新颖方法的效力，就在使读者未接触下一章个人故事的时光，预先感觉到这一种笼罩在个人以外的时代巨力的存在，而个人的苦乐成败，便显得纯粹是在完成这时代所赋予的使命而已。

这二部小说中，共有新闻片五十余章，在《第四十二纬度》的开始，王尔德刚去世，美国人正在欢迎这新世纪的降临，到结束的时光，美国已正式加入大战了。在《一九一九》里，包含从双方激战到和议成立。第三十章新闻片，就写当时美国威尔逊总统首途法国谈判和平时一束新闻纸上的史料，译在这里，当一个例子：

大炮真的移去了吗?

长头发的牧师每天晚上跑出来
要想告诉你什么是是什么是非
但是当你问他要些什么充饥时
他们就要用甘言蜜语来答覆你

总统在海上感冒风寒

毕尔底摩地方之特别厨子茶房及助手完全调出
一切准备舒适
膳厅由弦乐队奏乐海军乐队在甲板奏乐

你等一回儿有得东西吃
就在天上那块光荣的地方

本市开映在邮政总局附近被火尽毁无余之影片

工作与祈祷
在稻草上求饱

三辆载货车运输案卷在此集合

杜邦火药局装帽部闷药间中水银内之雷酸盐发生爆炸，结果死者十一人伤者二十三人中有重伤者；晚上威尔逊总统夫人施放白鸽……这样一来，国家的精神是多少的好，从这种国力的优美表现，和长时间的工作里，我们的目标是相同的，我们的热心是永久的，我已说过那些住在家里做组织和供养工作的人，应当常常愿望和用我们的劳动去维持他们的那些人常在一块，但是我不能以……在食堂里四个水手奏着音乐。

你要得到糕
在天上
当你死了

高格氏将兵士置于草屋中

八百参战兵士高呼布尔希维克

一切准备有条不乱惟观众不得行近，在土阜上站立之群众，见总统轮船靠岸时，高声喧闹，由香波赛立齐湾到亚立山大第三桥而渡莱因河时，其盛况不减当年巴黎欢迎沙皇之盛典。

在宫庭洋台向一千四百位市长致辞

邱结尔氏声明英国海军将独霸海上

从这一章“新闻片”里，寥寥数十行的零星文字，已把当日统治阶级的奢侈，平民的嗷嗷待哺，和平的矛盾，工人的被牺牲，政府慎防民众革命运动的苦心和帝国主义国家间的互相扩张军备的情形，都呈现在读者的眼前。这些都是历史上最忠实的史料，帕索斯就第一个人尝试用这些素材来放在他所创作的小说里。

时代的推进，虽说是必然的法则，可是也得有几个特殊的个人在前领导，才得把这使命具体化。这些特殊的个人，有的是未来时代的先锋，有的是过去时代最后的兵士，有的是民族英雄，有的是国际舞台上的人物，他们领导着群众在奋斗，依着历史的大轮向前迈进。帕索斯的两部书里，就有近二十年来美国各类出色人物的缩影。帝国主义的领袖威尔逊总统，资本主义的首脑毛根，殖民地的掠取者开斯（M. C. Kieth），现代文明的开山祖爱迪生，无产阶级的勇士别尔（Bill），苏俄的同情者里特（John Reed），以及被统治阶级利用而牺牲血肉的无名英雄。他们都是有特殊的天才见识和勇气的个人，他们的发展或没落，对于社会的影响很大。这些时代英雄，正像希腊史诗里住在夏令宾山上的群神般，书中人物的悲欢离合，就间接握在他们的手里。

帕索斯在新闻片和故事之间，就把这些大战前，大战时和大战后在各种阵线上的英雄们的事迹，用最经济而有力的笔墨，写成数十章美丽的传记。他们的存在，不特增加了读者对于时代的感觉，并且为了这些英雄们伟大的事业，这二部小说，简直有些史诗的门面了。

在《一九一九》的最后，帕索斯替无名英雄写了一章最动人的传记，结束一段是这样说：

> 血流进了泥里去，从击破了的脑壳里流出脑浆来，马上被战壕里的老鼠舐去了，腹部肿胀了，飞起一群肉苍蝇，
>
> 和永不腐烂的枯骨，
> 和干了的内脏的片段还有成卷的灰色的皮
> 他们把他带到 Chalons-Sur-Marne 地方去
> 把他们很整齐地放在洋松棺材里
> 装在轮船上带回到上帝的国里去
> 葬在阿林登国立公墓的纪念碑的石椁里
> 把国旗放在上面
> 号手吹着熄灯号
>
> 于是哈定总统祈祷着上帝外交官军官将尉穿铜帽子的政客以及从《华盛顿时报》社交栏里出来的穿得最漂亮的太太们很肃静的站着。

> 他们想美国是这样的可悲，那些吹号子的和三排枪把他们的耳朵都振聋了。

除了上述的“新闻片”和名人传记以外，“开末拉所见”The Camera Eye是帕索斯所用第三种新方式，叙述故事行进中作者本身在这时代里所参与的工作和他私人的经历和印象。

我们看见是作者在《第四十二纬度》里，作者还是一个小孩子，在学校里念书的时光，每天喊一二三四五，上教堂做礼拜，春天的晚上，读着《浮士德》和《哀史》。当美国将要加入大战的时光，他已脱离了学校。有一天，他在麦迪逊方场听演讲，“开末拉所见”第二十六章说：

> 我们找不到坐位，我们跑上楼去在最高一层上向下望重叠的人面，在演讲台上立着一个小小的黑影，他一说到“战争”，台下就有嘘嘘声；他一说到“俄罗斯”，台下就拍掌。虽然当时我知道有革命，可是不知演讲的是那一个。有人说是马克思伊斯门（Max Eastman），有人说是另外一个，但是我们听到革命就欢呼拍掌，听到毛根和资本主义的战争，我们就作嘘声。有一个家伙看着我们的脸像要记住我们似的。

这时光作者和小说中的故事还离得很远，他只是静观着战争和革命的进行而已。在《一九一九》里作者就同书中的主角一样到法国去从事救护事业了。这时光的作者，和故事中的人物才同样浮沉在时代的大风浪里。二部书中四十二章“开末拉所见”，单独的看，就是作者的一部自叙传。

这些用极像是乔也斯的笔法，像写抒情诗般，集合作者个人的片断印象而织成的“开末拉所见”，是帕索斯所用许多新技巧中最冒险的一种。在他以前很少人把第一身和第三身的故事同时并立的写在一部小说里过。可是他尝试的结果，证明了帕索斯的企图是成功的，因为读者一边读着作者本身经验的自供，一边接触着故事中的人物，我们便无可否认帕索斯写的都是实际的人生和活动着的社会，因为他小说中的人物和作者自己是一样最真实的角色。

三

上面所讲三种新颖的写作法，固然把帕索斯小说的背景，衬托得更逼真，但是帕索斯的小说，纵使拿掉了这些形式上的点缀，同样是不可多得的文学作品。

帕索斯写小说的取材，是整个的复杂的美国社会，因而他对于小说中人物的处置，也和一般传统的小说作法，走了不同的路。过去的小说是单写某一个人或是某一个家族的故事，但是在《第四十二纬度》里，重要的角色有麦克（Mac），强乃（Janey），依里诺（Eleanor），莫霍斯（Moorhouse），安徒生（Anderson）许多人；在《一九一九》里，有威廉（Joe William），狄克（Dick），屈兰脱（Trent），康泼登（Ben Compton），从整个故事的衡量上，他们的地位都是同样重要的，所以你可以说这些人物，都是他的主角；也可以说帕索斯书里面直没有一个是主角。他把每个人的故事，并列的描写，每一章的章名，就用这主角的名字。好像在《第四十二纬度》里，作者在第一部的七章里，完全用麦克做章名，写麦克个人的故事，在第二部里，前二章写强乃，后一章写莫霍斯，第三部就描写另一个新的主角了。每个角色都从他的出世写起，各人在各人的家庭学校社会里生长着，各人在各人的世界里前进着，在某一地点某一时间，在某种情形下有两个或两个主角以上的发生了关系，但是到关系断绝时，各人又回到各人的天地里去了。

帕索斯所以采用各个并列的写法，是为了他的目的，并不在替某个个人写故事，而是以整个美国的中下级社会为对象的。所以那些主角都是组织美国中下级社会的主要代表，像康泼登，麦克是美国无产阶级工人的典型，依凡令，依里诺代表着美国女职员阶级，而莫霍斯是由小资产阶级出身而发了财的典型的美国资本家。

为了要适合于描写这复杂的社会，帕索斯以前，已经有不少小说家感觉到有另创一个复杂的方式而尝试过了。霍威尔斯（William Dean Howells）在《寻金记》（A Hazard of New Fortune）里，就写了十个以上人物的故事，那里有农民，有富商，有新闻记者，有艺术家等等，他们都是新到美国的中西区去求生活的人。但是一件文学作品的成就，决不止单把许多故事重叠起来了就是。为什么这些人都在纽约？他们有些什么共通性？在这些各各不同的生活中，有什么力在驱使他们？又为了什么作者把这些人拼合在一本书里，这些是必须解释的问题，霍威尔斯都没有回答。

当帕索斯采用了霍威尔斯的方法而写《第四十二纬度》和《一九一九》以后，他立刻就成功了。他成功的秘诀并不在乎每个故事都写得好，而是在每个故事的后面，有一个统一性可以找到：这些个人，帕索斯是把他们当做整个社会中一部分有机的东西而写的，所以他虽然单纯的写某一个个人的遭遇，他们的命运却握在另一个更伟大的力量的手里，我们在故事的背后，可以很清楚的感觉到帕索斯所注意的只是这股大潮的趋向；至于个人的故事，就在完成这股大力中的一部分历史的工作而已。

这二部小说中许多男女，统被这一种力所驱使着，他们无目的地奔走着，永远不停的挣扎着，狄克，威廉，屈兰脱，依凡令，他们都盲目的不知所之的在这大千世界里行动。许多人虽然意识到有一种伟大的力在主宰着他们的命运，但是为了这“力”的来势是那样的凶猛而不留情，个人的苦乐生死，既不能动摇他的去向，悲观和颓废的人生态度，同样不能阻止他的前进。在《第四十二纬度》里，这伟力逐渐的把所有人物都赶到欧洲的大屠杀场去，当一九一九休战以后，这伟力也没有在威尔逊到了巴黎去以后而停止。当战后每个个人在感到极度的疲乏和不安而对于所谓战争造成和平的话幻灭以后，这伟力又在前进着，这一次是很显明的在从事社会革命的工人康泼登一群人的身上，逐渐的在具体化了。

这伟力的去向，帕索斯告诉我们就是人生和世界的出路。在《第四十二纬度》里和《一九一九》里，他还是在地下鼓动着，在帕索斯将要写成的第三部曲《大洋钿》（The Big Money）里，我们可以预料这种力把我们的世界又怎样的推向前去了。

一九三三·五·十二

辟尔·勃克（附录）

一

自从十三世纪马可波罗（Marco Polo）到中国来，回去写了那部游记以后，西洋人对于中国故事的兴趣，跟了政治和经济势力的侵入而继续增高。同时为适应这种需求起见，西洋人写的中国小说，那种封面上画了怪诞束装的“支那人”，横七竖八划了半个中国字的书，在书铺子的橱窗和报张上的广告栏里，也时常可以映入我们的眼帘了。这些中国小说的作者，都是凭了有限的经验，加上了丰富的幻想力，渗入了浓厚的民族自尊心，才写出那些看了使人要发笑的书；因为他们至多是尽了一个讲故事者的责任，谈不上是文学作品，所以除了满足一部分欧美读者的种族上的优越感以外，总不脱自生自灭的命运。

一九三一年辟尔·勃克夫人（Mrs. Pearl S. Buck）的

《大地》（The Good Earth）出版以后，情形就比较的不同了。

勃克出过一本用书信体裁叙述一个中国女子悲惨遭遇的《东风和西风》（East Wind and West Wind），又写过一本以一个早已献身于菩萨及后加入国民党的青年为中心的《小革命家》（The Young Revolutionist）。在《大地》出版以后的四年间，又以同样的题材写了二部续篇，《儿子们》（Sons）和《分家》（The House Divided），但是一般人最注意而视为最成就的，还是她那部写农民黄龙的《大地》。这被勃克所创造的角色——黄龙，不但活跃在万千读者的脑海中，并且在纽约的舞台上出现过，今后还要在美国的米高梅影片公司的腊片上和我们相见呢！

一个作家要写别一个地方或别一族里的故事，为了忠于事实起见，至少对于这块地方要有相当的认识，对于这一族里的人，他们的生活和思想，也得有充分的了解，因此有许多作家为了充实他们的生活经验起见，常常为了写一部书，就得跑几千里路去和他小说中的人物，求数月以至数年的共同生活的；在熟习他们的日常生活和信仰，习惯以外，还得深入他们的心底，抓住他们的灵魂，再在自己的作品中，把他们再现在读者的眼前。许多写关于中国小说的人所以失败而勃克的《大地》所以获得一部分人的赞美，就为了前者单凭匆促的旅途中的见闻描画出了中国人的外形，而勃克是多少抓倒了中国人的灵魂的。所以她在描写中国小说上的成就，应当归功于她三十余年来和中国人的共同生活，而中国旧小说的影响，同样使她完成这件困难的工作。

勃克所写中国小说最大的特点，便是全书满罩着浓厚的中国风，这不但从故事的内容和人物的描写上可以看出，文字的格调，也有这一种特长，尤其是《大地》。

二

勃克的血属虽属条顿族，但是一脱离母胎就落在中国的土地上，她从阿姆那里先学会了中国话再懂得本国语的。

她的全名叫辟尔·S·勃克（Pearl S. Buck），这是从的夫家的姓。她父亲姓雷顿斯屈来格（Sydenstricker）。是美国西维其尼亚的一族，很早就迁在洞庭湖口的岳州，从事于教会事业。她幼年时，从岳州迁到镇江，当时，有一位老年的中国阿姆日夕的陪着她，继续有十八年之久。在这悠长的岁月里，老阿姆每天教她讲中国话，同时讲给她许多关于她们乡间所发生的琐事听：那里有乡下人和地主买田买地的交易，有某人家妻妾间争风的趣闻，有某人家儿子如何出外当兵的悲剧，这些平凡而片断的故事，在一个西洋小女孩的记忆中，刻上了很深的印象，供给她日后应用在小说里许多宝贵的材料，使她成为一位熟于中国生活的小说家。

在镇江，她母亲就教她体会文字的美。课余之闲，在江边山麓游玩时，勃克就产生了一种对于中国的自然美景的爱忱；而和教堂附近乡村里天真的农民间，也发生了一种谅解和同情。她自己说过："这乡村的美和中国人民给我的感觉，已变成了我生命的一部分而不能分离了。"这时期所养成的对于中国的山水土地和农民的热爱，深埋在她的心灵中，影响了她日后在写作生活中对于中国所持的态度：就是有异于一般西洋人所常持的地域的私见和种族的自尊心，而站在客观的立场上，描画出一幅比较忠实的中国图画来；有时，像对于黄龙般的人物，更予以深切的同情。

十七岁时，她到英国去了一次，又转到美国维其尼亚州的卢道尔夫马刚（Rudolph Macon）大学里念书。在物质生活过度发展的故乡，并没有找到足以留恋的地方，所以大学毕业后，又回到中国来。

当时她母亲病得很厉害，她看护了两年以后，就嫁给一位也在中国布道的美国教士约翰·洛新·勃克（John Lossing Buck）。嫁后有五年光景，为了他们在教会里的职务关系，被派在北方一个小县城中。这五年的时间，他们在生疏的环境里工作着，中国农民那种辛勤劳作的生活，和在天灾人祸交相煎逼中农民们所抱那种乐天知命的人生态度，她们俩是认得最清楚的。勃克说这几个年头是"我们生活中最丰富也是最艰难的，有一个分时光，在城里和乡间，白种人只有我们两个，简直没有时光，我们有六个白种人在一块儿的。我的生活，就完全消磨在中国人群里，我在他们中间来往，渐渐的对于他们的生活，有了深切的认识。”

这五年多的内地生活，使黄龙这角色逐渐的在勃克的理想间次第的长成。《大地》里许多习俗上的穿插，有不少中国读者，连江亢虎博士在内，以为是不忠于事实，好像生了儿子在满月上分红蛋等等；其实勃克就从这个小县城里懂得了一些关于习俗上的琐事，当然不能为别地方生长的人所同意的。那时他们所亲自经历过的一次大荒年，事后就被这位作者写在《大地》里。

三

辟尔·勃克回到南京来住在金陵大学担任了英文教授以后，就有心写一本关于中国农民生活的小说，但是她很知道这二十多年和中国人住在一起的经验，也许可以说是已知道了中国人生活的情形，可是够不上说已了解了中国人的思想。于是她又下功夫去读中国的小说，因为她相信好小说中的人物，是永远足以当作研究的模型的。

她对于中国文字的认识，虽然比会说中国话为迟，可是她十数年的自修，在金陵大学时光，又每晚请了中文教师来学习，使她涉猎许多传奇和说部，并且能够背诵几段四书。

她读过《天雨花》,《笔生花》,《梦姻缘》等用韵文写的剧本,又读过《红楼梦》,《金瓶梅》,《水浒》等小说。她从这些文学作品里,又知道了许多在实际生活里难以体会到的中国人的特点,和中国小说里那种有别于英国小说的描写人生的方法。

她看到中国小说第一个特点,便是“没有真正的情节,一般的讲,简直没有一处我们可以指定了说这是动作的峰点。”不但没有峰点,她还指出中国小说没有收场,这与西洋小说比起来虽然像是极大的缺点,可是她以为正“特别象征着人生”,因为“人生也没有结构的。我们既不知道我们的将来,又不知道环境对于我们有些什么影响。事实上,我们每一个人除了在短短的一刻儿之外,能知道些什么?我们遇见一辈人,他们的时代,恰巧在一个短时期里和我们相合,他们从小说里走了出去,我们就永不能再见他们,我们不知道他们的收场,正如我们不知道自己的一样。”在中国旧小说里所特有的那种没有明白“结构”的办法确是和西洋小说每本都有一个结局的不同。

辟尔·勃克受到了这种影响,所以在她所作的小说里,也极力避免那种像先划好了表格再把事实填进去的结构,而增重任何中国艺术里所特长表现的那种深长幽远的风味;虽然她的成就是很有限的。

第二个特点便是中国旧小说中浪漫的和写实的的分别。勃克说："中国小说，就没有这样明白的事……我所知道的中国小说中，凭他如何写实，总有浪漫的情调，有的是粗俗而单纯的浪漫主义，但是这浪漫，不是我们所说的浪漫。中国小说中真正的浪漫作品，事实上都用写实方法去表现而描画得像是再平凡不过的。"这一种写作的方法，正与中国人的人性表现，相互调和着。中国的浪漫小说里没有不可理喻的神祇，也没有超出于人类理解的鬼怪。"在这种浪漫作品里，能感到一种异味的写实性。"

辟尔·勃克所写的中国小说里，也没有应用过鬼神，她自己所信仰的耶苏，也没有穿插进去。她说："在许多中国小说里，并且一直到现在，读者就有一种对于另一个世界存在的感觉，这也不一定说是如我们所常说般的当他作上帝解，也不当他作恶魔解，他只是另一个世界而已；有时便是死人的世界，因为死人目前虽是变了形，可是还一样是活着的，这些鬼怪，也有着一种人性。"看到在《儿子们》的开端，黄龙将赴另一世界前听二儿子讲出丧的仪仗将是如何的热闹，多少人将为了他而戴孝时在枯瘦的脸上所吐露的笑容，我们知道勃克手下的黄龙是描画得如何的富于人性了。

从中国小说所体会到的东西，如外还有一件值得指出，并且是使勃克夫人的小说充满了中国风的重要原质的，那便是风格上的中国化。

本来文字风格和故事内容上的调和，是一件好的艺术品所必需具备的：像伏尔甫女士（Virginia Wolf）的细腻悠长的笔调，是只配描写心理的；帕索斯的简洁有力的笔法，正是描画那辈爽直简单的兵士和工人们的工具；至于乔也斯的暧昧含蓄的风格，同样和书中那些现代人的个性相和应着。假若用伏尔甫的风格，去写帕索斯的故事，或是把乔也斯的故事放在帕索斯的笔调里，不但要减低作品的价值，读者也即刻会有矛盾和不调和的感觉。

勃克数十年来专门研究中国小说的结果，在格调上，她体会到中国文字结构上那种简单的美，她知道用本国那种传统的复杂的句法，反不能衬托出故事中人物的个性，于是她摆脱了许多不需要的描写文字：用简单而直截的笔法，充满着质朴的美，和东方人的气味。

我们揭开《大地》，第一句话是“这是黄龙结婚的日子。”揭开《儿子们》，第一句话也是简单的“黄龙快要死了。”这不但是书的开场是如此，全书的大部分，都用这一种简单的笔法，和中国的旧小说家颇相类似。当中国的新小说家，正在模仿西洋的复杂或倒置句法的今日，勃克却倒过来学中国旧小说中的作法，确是一件耐人寻味的事。

在《大地》里，这一种风格上的单纯化更和黄龙的个性相调和着。

四

那么，黄龙是怎样的一个人呢？勃克所创造的这位主角，是含有怎样个性的呢？我们的回答是：黄龙是一个典型的初民（Primitive man），抱着单纯的信仰，过着单纯的生活，信着单纯的命运观。这一种落在现代文化背后富于初民性的人，欧美诸国不容易找，而中国就有大半以上的可以出来充做代表。

在先进国家已由农业社会进展到工业社会去的今日，我们中国的大部分的人民还停留在原始的农民社会里。这种依靠了原始的生产方法，度着原始的生活方式，黄龙便是其中的一员。

黄龙实际生活的时代，虽属二十世纪，可是因为他生活范围的狭窄，和智识的缺乏，还给千百年前的初民没有多大的分别。他是靠地吃饭的种田人，所以由生产关系而发生的对于自然力的信仰，抱着虔诚的态度。这一种对于土地的崇拜心，开始是为了它把握住了生活必需品的生产，因而把它当做操纵人类命运的大神一般崇拜着；及后，看到稻麦循着天时在田里自生长而枯萎，人类的生命，同样从大地上获得延续生命的营养料，而结果又埋入深深的泥土里去，于是由物质的崇拜升华到精神上与自然的共鸣了。

“有的时候，掘起一块砖，一块木片，但是这有什么意思呢？有个时候，有个时期，男人女人的身体是埋葬在这里的，在那里造过的房子，又塌下去回到地里去了。所以他们的屋子，也有一天要回到地里去；还有他们的身体，也得这样子，每个人都要回到泥土里去。”这一种对于大地的信仰，原始的希腊人，也是这样。在希腊神祇的家谱里，地神 Gaia 是站在最高的地位，她是万物的生母，是一切神祇的远祖。当时希腊的初民，都和黄龙同样的敬重她。

但是黄龙怎么不给其他同时期的人般去信仰机械而依旧拜倒在自然力的地神座下呢？这理由就证明了黄龙的原始性。他知道除了土地以外，没有其他的生产方式可以同样维持生命的。所以他发了财，即刻用金钱去买田买地，儿子们长大了，也只希望他们不忘其本的回到田里去。这种不谋生产方法上的进步，永久保守着初民的黏地性，是黄龙这群人的特性。到他临死的时光，还死抓住土地，当他听到儿子们在集议卖田的时光，用他最后的力，喊出了这样一句无补于事的呼声，他说：“不能，不能，我们决不可以把田地卖掉的！”但是事实上，谁听从了他的话？——尤其是照目前的中国情形观察，有黄龙这辈黏地性重的人，也即刻要感到无地可黏的恐怖了。

黄龙这种初民性的生活，养成了初民性的信仰。黄龙的一生，虽是都向着顺境上走，但是他有许多遭遇，也很可以引起他的愤怒和反抗的，但是他都忍受了。大旱年到了，儿女妻子去要饭，自己拉着黄包车度活，他却一点不怨命运，他知道这是命里注定了的事，不是人力所能挽回得来的。至于阿兰要病死，小儿子要去从军，同样更是前身注定了的。这一种宿命观，勃克在中国旧小说里也看到，“在中国小说里，命运就从不自人的本身出发，而都是由外界加乎其上，大半来自神道的；他的生命的模型，在他出世以前，早已替他安排好，他所做的事情，都是命运叫他做的。”黄龙就是这样信从命运主占一切的信徒。

这种全盘接受命运的态度，也是极原始的生人观。圣经里那部《约伯书》里的约伯 Job，也给黄龙一样的见解。他也是一个信从上帝的顺民，却被上帝无理的烧尽了房子，盗去了羊群，死去了妻子。约伯一点没有反抗这重重的不幸，他和黄龙同样的接受了命运所赐予的一切，只是约伯还想用理知去和命运辩论，而黄龙是低首下气的接受了。

黄龙的一生，可以说没有设想过一个问号。那次当他看见了那个浑身横肉的人，跪在他的面前，献给他满袋的黄金而使他忽的从一个苦力变做一个富翁的时光，也和大旱年到来合家避难时怀着同样的情绪；他相信幸与灾难同样是生前注定了的；要来的事情总得来，人类的力量是徒然的。这一种不想用人力去变换环境的宿命观，使黄龙这一辈人，永远躲避于观念世界中，而不敢应用革命的手段，去谋现状的改善。当黄龙一边在嚼草根一边在做着富贵梦的时光，他听到一个青年在向大众高声的喊着："死的就是你们，那个在你们死了失去了知觉还要来刺你们身体的人，便是资本家；你们现在被他们践踏着，他们正在抢掉你们一切的东西。"他感到了一阵的烦闷，但是当那个青年厉声的向他演说的时光，他不满意的走开了。他怎敢相信这种话呢？他肯定嚼草根的生活也是前生注定的。幸而他离开了这位青年，一个机会使他的富贵梦在瞬刻间就实现了。这一点黄龙应当感谢勃克，因为她使他不再过那种非人的日子。但是中国的现实社会里有多少的黄龙至今还在拉洋车呢？可怜他们和黄龙同样抱了这种初民性的接受命运的态度，至今还不知道命运究竟执在谁的手掌中，而怎样才能把自己的一切用自己的手去安排！

五

但是欧美文坛上对于《大地》为什么那样的赞赏，欧美的读者对于黄龙这角色为什么那样的热爱呢？

勃克夫人对于黄龙虽说没有如别的西洋作家般有意的在小说中侮弄他，可是描画出了这样一位原始性的黄龙，确是洽合了现代欧美人的口味的。我们知道白种人是早把中国人看做文化最落伍的民族的，他们从没有把我们放在自己的水平线上，有时更把我们看做与菲洲的土人同样是不长进的富于原始性的初民。由于这一种不平的见解，近代历史，已告诉我们许多被西洋人看做是落伍的民族，因而受到种种的压迫和侵略的事迹。这一种带了种族眼镜的人，读到《大地》里黄龙是这样一个单纯而呆笨的角色，正满足了他们种族上的优越感。

《大地》被欧美文坛所赞誉的又一个更大的理由，便是它的逃避性。

近几年来，欧美人在机械生活里呻吟着，对于都市更感到了极度的疲乏。当大家都感觉到无路可走时，就有一部分人提倡脱离都市回到自然去过原始人的生活。为了适应这一部分人的心理要求，那种以猛兽和菲洲土人为对象的小说游记和影片，在一个时期曾给了都市的居民一种很大的刺激和安慰。当勃克在素称精神文明的中国农民里，挑选了这一位富于东方精神的初民型的黄龙作她小说中的主角，去替代那些毒蛇猛兽以及“泰山”式的菲洲土人，那当然使欧美读者们更中下怀了。

诗人而兼小说家的史特朗（L. A. G. Strong）说过这样的话：“文化已很明显的到达了亨利·亚达（Henry Adams）所说客观范围的边缘，今后的大运动便是转向内去的了。人类的思想，以前是由一个圆锥形的尖端向外扩展成一种机械的文化，今后是要走向新的圆锥形的尖端里去：那个精神的文化。”就在这种回归到理想主义文学去的旗帜下，史特立（A. G. Street）的《农夫的荣光》（Farmer's Glory）和比耳（Adam Bell）写的《土地的三部曲》，以及勃克的《大地》都是最好的范本。辟尔·勃克对于近代的西洋小说，就这样的表示过她的态度，她说：

> 我们已知道英国小说已经过了写实主义中的实验主义时期。这种极端的写实主义，现在像是暂时结束了。从许多别的证据里，知道我们又在开始一个时代，并且已经有了许多标识。形式回来了，浪漫主义在成千的冒险小说中回来了，在侦探小说中，也已抬起头来……我们知道艺术到了过分自由时决不是一种好的艺术，人生假若抛弃了所有的规律，也不是最深刻最真实的人生。我们现在回到常态去，我们才觉得是新鲜而有趣的。

从这段话里我们可以看到辟尔·勃克是怎样的一个理想主义者了。

一九三三，六，一四。

图书在版编目（CIP）数据

新传统 / 赵家璧著. — 北京：中国国际广播出版社，2013.1
（良友文学丛书）
ISBN 978-7-5078-3557-1

Ⅰ.①新…　Ⅱ.①赵…　Ⅲ.①文学研究－美国
Ⅳ.①I712.06

中国版本图书馆CIP数据核字（2012）第270214号

新传统

著　　者	赵家璧
责任编辑	张娟平　张淑卫
版式设计	国广设计室
责任校对	徐秀英
出版发行	中国国际广播出版社（83139469　83139489[传真]）
社　　址	北京复兴门外大街2号（国家广电总局内） 邮编：100866
网　　址	www.chirp.com.cn
经　　销	新华书店
印　　刷	环球印刷（北京）有限公司
开　　本	620×920　1/16
字　　数	113千字
印　　张	14.5
版　　次	2013年1月　北京第一版
印　　次	2013年1月　第一次印刷
书　　号	ISBN 978-7-5078-3557-1/I·400
定　　价	45.00元

CRI 中国国际广播出版社　欢迎关注本社新浪官方微博　官方网站 www.chirp.cn

人文阅读与收藏·良友文学丛书

(1)	鲁　迅　编译	竖　琴
(2)	何家槐　著	暧　昧
(3)	巴　金　著	雨
(4)	鲁　迅　编译	一天的工作
(5)	张天翼　著	一　年
(6)	篷　子　著	剪影集
(7)	丁　玲　著	母　亲
(8)	老　舍　著	离　婚
(9)	施蛰存　著	善女人行品
(10)	沈从文　著	记丁玲
	沈从文　著	记丁玲续集
(11)	老　舍　著	赶　集
(12)	陈　铨　著	革命的前一幕
(13)	张天翼　著	移　行
(14)	郑振铎　著	欧行日记
(15)	靳　以　著	虫　蚀
(16)	茅　盾　著	话匣子
(17)	巴　金　著	电
(18)	侍　桁　著	参差集
(19)	丰子恺　著	车箱社会
(20)	凌叔华　著	小哥儿俩
(21)	沈起予　著	残　碑
(22)	巴　金　著	雾
(23)	周作人　著	苦竹杂记　（暂缺）